KB275169

최우창의 디카시
창작 노트

"찰나의 감성을 공유하다"

35년 동안 역사 교사로 지냈습니다. 한국문인협회 회원이며, 문경지부 감사로 활동하고 있습니다.

시집으로 『그 매미는 나무에서 울지 않았다』와 『나는 개울가 자갈돌입니다』를 펴냈습니다. 교양 역사서로 『별난 한국사 Keyword 상』과 『별난 한국사 Keyword 하』를, 자기 계발서로 『앎엔삶』을 썼습니다.

평소 인간 존중과 다양성을 소중히 여깁니다. 모두가 평안하고 자유롭게 사는 삶을 바라며 삽니다. 힘과 돈을 많이 들이지 않고, 자기에게 맞는 삶을 스스로 만들어갈 수 있다고 믿습니다. 그 믿음에 맞는 배움과 가르침을 오래 고민해 왔습니다.

아내와 강아지 '두부' 셋이 함께 산책하는 걸 좋아합니다. '평화가 곧 경제'라는 신념을 가지고 있습니다. '행복은 추상어가 아니라 구체어이며, 머무는 명사가 아니라 움직이는 동사'라고 생각합니다.

건강한 역사의식과 시민의식을 갖는 것은, 시민 개개인의 튼실하고 행복한 삶과 매우 유관하다고 여깁니다. 때로는 빈둥빈둥하는 것도 좋아합니다.

'나'답게 사는 삶을 좋아합니다. 나와 다른 것을 존중합니다. 좋아하는 것과 잘하는 것을 구분할 줄 압니다. 글은 잘 쓰지 못하지만, 글 쓰는 일은 참 좋아합니다. 지금은 『한국사 속의 이항 대립들(가제)』을 집필하고 있습니다.

E-mail : dolbee7@hanmail.net

글쓴이 최우창

　저는 디카시 전문가가 아닙니다. 얼마 전까지만 해도 '디카시'가 뭔지도 몰랐습니다. 문인협회 단톡방에 '디카시'에 관련된 글이 올라와도 일본의 '하이쿠'와 비슷한 짧은 시려니 짐작했을 뿐입니다.

　어느 날 절친인 권영하 시인(시, 시조, 동시 부문 신춘 문예 총 4회 당선)께서 디카시 전시회에 함께 참석하자고 했습니다. 그때 제가 "디카시가 뭐지요?" 하고 물으니, 권 시인은 이런저런 설명을 잠깐 해줬습니다. 저는 그 설명을 듣자마자 "그런 거라면 나도 좀 쓸 수 있겠는데요." 하고 무심코 내뱉었습니다. 자만인지, 순간의 자신감(?)인지 모르겠지만, 그 통화 이후로 저는 디카시에 관심을 가지고 관련 정보를 모으고, 쓰기 시작했습니다.

　이전에 시를 조금씩 써서 어쭙잖게 시집을 두 권을 냈지만, 권영하 시인처럼 전문적으로 시 공부를 한 사람은 아닙니다. 35년 동안 학생들과 함께 역사를 배우고 가르치는, 평생 역사 선생으로 살았습니다. 지금도 '역사인'으로서 〈한국사 속의 이항 대립들〉이라는 가제(假題)로 책을 쓰고 있습니다. 그러다 보니, SNS에 올라오는 디카시를 봐도 깊이 관심을 가질 여유가 없었던 것입니다.

흔히들 '뭘 알아야 면장(면의 행정을 맡아보는 으뜸 직위에 있는 사람)을
한다.'라고 말하지 않습니까? 디카시를 쓰려면 최소한 디카시가 뭔지 정
도는 알아야겠다는 생각이 들었습니다. 그래서 자료를 찾기 시작했는
데, 생각보다 디카시에 관해 참고할 자료가 그리 많지 않았습니다. 이에
디카시를 쓰는 데 필요한 정보를 여기저기에서 모아 정리했고, 이 책은
그 결과물입니다. 물론 제 생각도 넣었고요.

〈우리말샘 사전〉에서 디카시란 '디지털카메라로 자연이나 사물에서
시적 형상을 포착하여 찍은 영상과 함께 문자로 표현한 시. 실시간으로
소통하는 디지털 시대의 새로운 문학 장르로, 언어예술이라는 기존 시
의 범주를 확장하여 영상과 문자를 하나의 텍스트로 결합한 멀티 언어
예술이다.'라고 설명하고 있습니다.

하지만 이 사전적 정의만으로는 디카시의 본질을 제대로 이해하기가
쉽지 않았습니다. 제대로 알고 써야겠다는 생각으로 저는 긴 시간 동안
책을 찾고 인공지능과 대화를 나누었습니다. 질문을 던지고, 그에 답하
고, 다시 질문하며 대화를 반복한 끝에 디카시를 감싸고 있던 안개가
조금씩 걷히기 시작했습니다. 그제야 디카시의 정체가 제 눈에 조금씩

보이기 시작했습니다.

　다시 말씀드리면, 이 책은 제가 디카시를 제대로 쓰기 위해 필요한 것들을 정리한 것입니다. 그러므로 이 책에 담긴 내용이 디카시의 모든 부분을 담고 있는 건 아닙니다. 다만 디카시를 쓸 때 곁에 두고 곁눈으로 힐끔힐끔 참고하면 도움이 될 참고서 정도에 해당합니다.

　저는 남다른 관심(關心. 이을 계)과 호기심이 남다른 관찰(觀察. 볼 관)을 낳고, 남다른 관찰이 남다른 관점(觀點)을 만든다고 생각합니다. 그리고 그 남다른 관점과 시선으로 글을 쓸 때, 남다른 글이 창작되고 그 글이 대상과 남다른 특별한 관계(關係)를 맺게 한다고 봅니다. 관심, 관찰, 관점, 관계의 선순환이 삶과 세상을 더 나은 곳으로 이동시키고 또 인도할 수 있다는 생각으로 글을 씁니다.

　무엇인가를 잇고자(관심, 관계) 한다면, 대상을 바라보는(관찰, 관점) 눈이 남달라야 합니다. 저와 이 글을 읽는 여러분의 남다른 글의 창작을 기대하고 소망합니다.

세상의 모든 것은 '관계 맺기'라고 할 수 있습니다. 예술과 문학의 본질은 인간다움이고, 인간다움은 인간과 다른 대상과의 관계 맺기에 관한 것이라고 봅니다. 아무리 글을 잘 써도 인간답지 못한 삶을 산다면, 헛것이 아닐지요?

인간다움은 타인의 마음을 느끼고 그 마음에 반응할 수 있는 능력입니다. 다른 존재를 상처 없이 대하려는 태도, 그 따뜻한 배려가 인간다움입니다. 저의 글은 부족하지만, 인간다움의 추구라고 할 수 있습니다.

책은 크게 두 개의 영역으로 나누었습니다. 디카시를 쓰는 데 필요한 정보와 그 정보를 바탕으로 제가 쓴 디카시로 구분했습니다. 사진은 제가 직접 찍은 것과 그렇게 하지 못한 것은 인공지능의 도움을 받아 생성했습니다.

저는 늘 하나님의 은혜와 사랑으로 사는 인생입니다. 부족하기 그지 없는 제가 이 글을 쓸 수 있는 건 하나님의 은혜와 저를 위해 기도해 주시는 분들의 덕분입니다. 저와 가족을 위해 늘 기도해 주신 점촌중앙 교회 최대영 목사님께 감사드립니다.

한국문인협회 문경지부 김태옥 회장님과 정종열 국장님, 문경 문학아카데미 조향순 원장님, 고성환 전 회장님의 노고와 응원에 감사드립니다.

무엇보다 경기도교육청 한은미 장학사님께서는 부족한 저의 글을 늘 칭찬해 주셨습니다. 장학사님의 응원과 격려 덕분에 주저하지 않고 디카시를 쓸 수 있었습니다. 장학사님, 정말로 고맙습니다.

저의 더할 나위 없이 소중한 논산의 장병상, 고현미 아우님과 양기모, 장인순 처남 부부께도 여러모로 감사드립니다. 절친 여환규, 홍전표, 이점탁, 양미한, 윤지현에게도 감사드립니다. 또한 절친 같은 형님과 아우이신 이정호, 김사현, 권영하 선생님께 감사드립니다.

아내 애란과 딸과 아들 혜민, 유진, 태훈에게 고맙고 미안합니다. 민아, 진아, 훈아 고마워. 아내의 응원과 많은 도움이 있기에 이 글을 쓰고 출간까지 할 수 있었습니다. 란아! 고마워요. 지식공감 김재홍 대표님과 편집장님의 배려와 수고에 감사드립니다.

2026년 1월

최우창 씀

Contents

책머리에 ··· 2

들어가는 말 ··· 4

I. 디카시 창작을 위해

디카시가 뭐지요? ··· 14

디카시가 유행하는 이유는 뭔가요? ················ 21

왜, 디카시를 쓰는가요? ······························· 24

디카시에 적합한 '폰카' 촬영 요령은요? ·········· 28

디카시의 특징은 뭘까요? ····························· 33

디카시를 쓸 때 유의 사항은 뭔지요? ·············· 38

진부하지 않은 디카시를 쓰는 요령은요? ········· 41

디카시를 잘 쓰는 방법은 있나요? ·················· 46

디카시에 어울리는 문체와 표현법은 뭔가요? ···· 50

디카시 창작 5단계는? ································· 56

디카시, 반드시 '직촬'이어야 할까요? ·············· 59

디카시 쓰기는 어떤 교육적 효과가 있나요? ······ 62

맞춤법 검사 : 우리말 배움터 ························· 97

사전 찾기와 시어(詩語) ······························· 102

II. 최우창의 디카시(Dica詩)

제1부. 함께 한다는 건 ·····································109

•함께 한다는 건 •비에 젖은 벤치 •일몰 •나팔 •강아지풀 •우레탄 산책로 •뭇풀 •도라지꽃 •객쩍은 생각 •습관 •시무룩하다 •풍선 •모기 •징검다리 •낮달 •벽

제2부. 엄마와 농부의 마음 ·····························129

•아스팔트에 핀 채송화 •연 •채송화 •참나무산누에나방 •엄마와 농부의 마음 •품 •긴 몸에 짧은 생각 •돈 •흥덕 오일장 •기러기 •본질 •매미 허물 •빨래집게 •선풍기 •걸레의 항변 •헌책방 •동현이 어머니 •벽시계 •세숫대야

제3부. 나는 무궁화 ···································151

•담쟁이넝쿨의 다짐 •이등병 커피 •고백 •입추 •메밀잠자리 •달과 구름 •울보 •호박꽃 연가 •나는 무궁화 •박꽃의 유혹 •풀, 죽다 •코스모스 핀 들녘 •반지 손가락 •늦더위 •나 •풀피리 •회룡포 •맑은 날의 우산 •꿀벌의 생명수

제4부. 자연과 인공 ····································173

•땡감 •가을 풍경 •비화(飛火) •상수리나무 식구들 •검(劍)의 본성 •사라진 소리 •봉숭아, 봉숭아 •당신이 있기에 •늙은 수사자 •자연과 인공 •각가지 •쌍무지개 •반달 •냇자갈 •갈대꽃과 억새꽃 •피뢰침 •풀잎 •들국화 •담배꽃 •눈길

제5부. 나, 때 ···195

•낙엽 •새재 흙길 •손 그늘 •여름밤 풍뎅이 •곶감 같은 인생 •홀로 우는 색소폰 •눈물방울 •가을 엽서 •뭉게구름 •거리등 •메꽃에 대한 오해 •고독 •산불됴심 •폭포 •도깨비바늘 •익다 •양철 필통 •거미집 철거 •봄날 •빛의 유혹 •왜가리의 기도 •해시계 •나, 때 •피라칸타 열매 •옹달샘 •가지 잘린 가로수 •할머니 보행차 •야경(夜景)

I.

디카시 창작을 위해

디카시가 뭐지요?

(1) 디카시(Dica詩)란?

디카시는 '디지털카메라(Digital Camera)'와 '시(詩)'를 합친 말입니다. 2004년, 이상옥 교수가 처음 주창한 이 개념은 디지털기기(카메라·스마트폰)로 찍은 사진과 그 사진에서 촉발된 짧은 글이 어우러진 새로운 형식의 문학예술입니다.

이상옥 교수는 디카시집 『에덴의 동쪽』 머리말에서 이렇게 말했습니다. "디카시는 디지털 환경 자체를 시 쓰기의 도구로 활용해서 스마트폰 내장 디카로 자연이나 사물에서 시적 형상을 찍고 그 느낌이 날아가기 전에 5행 이내로 짧게 언술하여 영상 기호와 문자 기호를 하나의 텍스트로 소셜 미디어를 활용, 실시간 쌍방향 소통하는 순간 포착, 순간 언술, 순간 소통의 극 순간 멀티 언어예술이다."라고 했습니다. 언술은 일정한 사실을 자세히 말하는 것입니다.

한마디로 말하자면, 디카시는 사진 + 시 + 소통(SNS), 이 세 가지가 삼위일체가 된 디지털 시대에 어울리는 시(詩)라고 할 수 있습니다.

(2) 디카시의 정의와 형식

디카시는 디지털카메라나 스마트폰으로 촬영한 사진과 그 사진을 보고 느낀 감정이나 생각을 5행 이내의 짧은 시(글)로써 표현하는 형식이고 방식입니다.

사진만 봐도, 시만 읽어도 좋지만 둘이 만나 새로운 울림과 여운을 줄 때 비로소 '좋은 디카시'가 됩니다. 사랑하는 남녀의 만남처럼 사진과 시는 하나가 되어 시너지 효과를 냅니다. 시너지 효과란, 둘 이상이 힘을 합쳤을 때 각각 따로 낼 수 있는 효과의 단순 합보다 더 큰 효과가 나는 것을 말합니다.

디카시는 '디지털카메라'의 '디카'와 '시(詩)'가 합쳐진 말입니다. 한마디로 말하면 '사진과 시가 하나로 어우러진 시(詩)'입니다. 눈으로 본 세계를 사진으로 담고, 그 순간의 느낌과 사유를 짧은 시어로 표현한 문학 형식입니다.

즉, 디카시는 '보는 시'이자 '읽는 사진'이라 할 수 있습니다. 카메라로 포착한 현실의 장면에 시인의 감정과 사상을 덧입혀, 한 장의 사진 안에서 '보는 것과 느끼는 것'이 만나는 예술이 바로 디카시입니다. 비유로 말하자면 디카시는 '눈과 마음이 함께 찍은 사진'입니다. 사진이 외형의 진실을 담는다면, 시는 내면의 진실을 드러냅니다. 이 둘이 만나면 '보이는 것'이 '느껴지는 것'이 됩니다.

사진(Photo, 眞)과 시(Poem, 詩)와 네트워크(Network 또는 SNS. 網. 그물처럼 연결)의 삼위일체가 디카시라고 할 수 있습니다. 신조어로 말하면, 'PhotopoemNet(포토포엠넷)'이라고 할까요? 한자어로 하면, '진시망(眞詩網)'이라고 할까요? 이건 제가 지어 본 말입니다.

시의 3요소는 운율(말의 가락), 심상(이미지), 주제(메시지)입니다. 그러면 디카시의 3요소는 뭐가 될까요? **디카시의 3요소는 '사진(이미지), 짧은 시(5행 이내), 공유(소통)'라고 봅니다.** 사진은 시상을 불러일으키는 출발점이 되고요, 짧은 시는 문학적 표현입니다. 그리고 공유는 독자와의 연결이고, 공유됨으로써 디카시가 완성된다고 할 수 있습니다.

(3) 디카시의 예

비에 젖은 벤치 / 최우창

누가

슬픔을 잔뜩 흘려 놓고

기쁨만 달랑 메고 갔나?

사진 속 벤치에 고인 빗물은 누군가의 이별을 닮았고, 짧은 시는 그 마음을 담담히 전합니다. 사진과 글이 서로를 살려주는 순간입니다.

(4) 디카시의 특징

짧습니다. 5줄 이내가 원칙입니다. 일상의 순간을 담습니다. 특별한 배경이나 사건이 필요 없습니다. 길가의 돌멩이, 벤치, 그림자, 낙엽 등 등이 모두 디카시의 소재와 주제가 됩니다.

설명하지 않습니다. 느끼게 합니다. 사진과 시는 하나의 감정, 하나의 메시지를 전달합니다. 디카시는 보는 시이자, 읽는 사진입니다. 눈으로 보고, 마음으로 읽는 시입니다. 디카시는 짧고, 사진과 함께하며, 순간을 담고, 일상적인 것이 특징이라고 할 수 있습니다.

(5) 디카시는 '나눗셈의 문학'이다

문학 장르를 사칙연산에 비유하자면, 소설은 인물, 사건, 배경, 갈등 등의 요소들이 얽혀 이야기를 확장하는 곱셈의 문학입니다. 수필은 마음속에서 일어난 생각과 경험을 자연스럽게 더해 나가는 글입니다. 수필은 사소한 느낌 하나라도 삶과 이어 붙여 자기만의 진실을 드러내는 덧셈의 문학이라고 할 수 있지요.

시는 말의 절제, 감정의 응축, 상상의 여백을 특징으로 하는 뺄셈의 문학입니다. 디카시는 순간을 포착해 짧게 쓰고, SNS를 통해 공감과 연대를 확산하는 나눗셈의 문학예술이라고 할 수 있습니다. 따라서 디카시는 혼자 보기 위한 글이 아닙니다. 함께 나누기 위한 문학입니다. 디카시는 다양한 SNS를 통해 퍼지고, 공유되고, 공감될 때 완성된다고 하겠습니다.

(6) 디카시의 본질은 '관계'입니다

디카시의 핵심은 만남, 공유, 소통, 나눔, 관계입니다. 한 장의 사진 위에 작은 생각을 덧입혀 온라인을 통해 타인과 공유하고 그 과정에서 공감하고, 연대하고, 연결되며, 더 나은 삶을 꿈꾸게 합니다.

인간은 관계를 통해 삶의 가치를 확장하는 존재입니다. 디카시는 그 관계를 만드는 감성의 다리입니다. 디카시는 좋은 관계 맺기의 문학입니다. 인생사(사람이 살아가면서 겪는 일)는 모든 게 관계입니다. 관계의 승패가 삶의 승패를 결정한다고 해도 지나친 말이 아닐 것입니다. 디카시 쓰기의 본질은 더 나은 관계를 맺는 데 있습니다.

인간과 인간의 관계, 자연과 인간의 관계, 인간과 지구 환경의 관계, 인간과 인공지능(AI)과의 관계, 부모와 자식의 관계, 부부 관계, 형제 관계, 다른 나라와의 관계 등등 우리 삶의 모든 건 관계라고 할 수 있지요. 아무리 디카시를 잘 쓴다고 해도 관계 맺기에 실패한다면 그가 쓴 디카시는 무슨 의미가 있을까요? 모든 문학과 예술이 그런 것처럼, 디카시 쓰기도 인간다움을 바탕으로 한 '좋은 관계 맺기와 추구'가 본질입니다. 좋은 관계가 평화(화평, 화목, 샬롬)를 보장합니다.

관계는 삶의 숨결입니다. 사람은 혼자 존재하지 못합니다. 자연과도 연결되어야 합니다. 가족과도 이어져야 하고 사람과 사람 사이의 '마음의 다리'는 끊임없이 손질하고 다듬어야 합니다.

디카시도 마찬가지지요. 아무리 언어가 번쩍이고 사진이 아름답다 해도 그 사람의 삶에서 사랑이 말라 있다면 그 시는 금세 빛을 잃지요. 좋은 디카시는 대상을 찍은 것이 아니라, 대상을 향해 마음을 건넨 것이라고 봅니다. 마음 건네기, 관계 맺기가 바로 인간다움이고, 인간다움이 있을 때 디카시는 따뜻한 품을 얻지요.

평화는 관계 속에서 자랍니다. 서로의 고통을 흘려듣지 않는 마음, 서로의 기쁨을 질투하지 않는 마음, 그 순한 마음이 있을 때, 사람 사이엔 조용한 평온이 머뭅니다.

모든 문학과 예술이 그렇듯이 디카시도 사람다움, 존중, 관계, 평화, 화평, 공존과 공생, 상생 등을 추구합니다.

디카시가 유행하는 이유가 뭔가요?

왜, 지금 디카시가 유행하는가요?

첫째, 스마트폰 시대이기 때문입니다. 누구나 스마트폰에 내장된 카메라를 들고 다니지요. 찍고, 보고, 곧바로 글을 붙여 SNS에 올릴 수 있습니다. 디카시는 이 시대의 생활 방식과 딱 맞아떨어집니다.

둘째, 짧은 글, 짧은 영상의 시대이기 때문입니다. 사람들은 긴 글보다 짧은 글, 짧은 영상, 빠른 읽기를 선호합니다. 디카시는 한눈에 보고 한 번에 읽을 수 있으면서도 짧은 글 속에 깊은 감정을 담아낼 수 있습니다.

디카시는 짧은 시와 한 장의 사진으로 감정을 바로 전할 수 있어서 스마트폰 시대에 꼭 맞는 문학입니다.

셋째, 자기표현의 욕구 때문입니다. 사진만으로는 부족하고, 글만으로는 허전합니다. 사진과 시가 함께할 때, 나만의 이야기를 온전하게 드러낼 수 있습니다. 디카시는 누구나 쉽게 '나의 문학'을 만들 수 있는 길을 열어줍니다.

자기표현은 본능에 가깝습니다. 남에게 피해가 되지 않는다는 것을 전제로, 표현은 자유입니다. 숨을 쉬듯이, 배고프면 밥 찾듯이, 외롭다면 손을 뻗듯이 사람은 자신을 드러내고자 합니다. 자기표현은 생존 신호이고 관계의 문이고 존재의 증명입니다.

아기는 말을 배우기 전부터 몸짓과 울음으로 자신의 마음을 전합니다. 그건 '배웠기 때문에' 하는 행동이 아니라, 살아 있기에 살려고 하는 것입니다. 동물도 그렇습니다. 새는 노래로 사자는 포효로 고래는 깊은 바다의 울림으로 자신을 알리고, 영역을 확인하고, 서로를 부릅니다. 표현은 곧 연결의 방식입니다. 우리는 말하는 존재이고 노래하는 존재이고 손을 흔들고 눈빛을 건네는 존재입니다. 자기표현은 선택이 아니라 살아 있음의 증거입니다.

또한 모든 표현은 메시지를 담고 있습니다. 아시는 것처럼 박수는 '기쁨, 찬성, 환영을 나타내거나 장단을 맞추려고' 두 손뼉을 마주치는 것을 말합니다. 박수는 다양한 의미를 전달할 수 있습니다. 보통 축하할 때, 환호할 때, 격려할 때, 동의할 때, 감사할 때 박수를 칩니다.

표현은 말, 글, 그림, 음악, 춤, 연기 등등 다양한 방법으로 이루어질 수 있습니다. 우린 박수라는 표현의 방식으로, 축하하고 응원하고 환영하고 동의하기도 감사도 합니다. 우린 표현을 통해 소통합니다. 표현은 우리들의 삶에 매우 중요한 역할을 합니다.

타인에게 해가 되지 않는 전제와 범위 안에서 표현은 자유이고 본능에 가깝습니다. 표현의 방법은 다양하지만, 적절한 표현을 하고 살아야 좋은 관계가 유지된다고 봅니다. 잘 표현하는 사람은 잘 생존할 수 있습니다.

제대로 된 표현과 좋은 관계는 직류(한 방향으로만 흐르는 전기)입니다. 교류는 방향을 계속 바꾸며 흐르는 전기입니다. 직류는 흔들리지 않고

  최우창의 디카시 창작 노트

일정한 방향을 유지합니다. 좋은 관계도 마찬가지입니다. 마음이 오락가락하면 관계도 불안정해집니다.

넷째, 공감과 소통의 힘 때문입니다. 한 장의 사진과 몇 줄의 시는 다른 사람의 마음에도 쉽게 닿아 울림을 줍니다. 짧지만 진솔하기에 공감이 빠르게 일어납니다.

다섯째, 누구나 쉽게 쓸 수 있기 때문입니다. 디카시는 전문 시인이 아니어도 쓸 수 있습니다. 사진 한 장과 마음속의 느낌만 있으면 누구나 시인이 될 수 있습니다. 그리고 공유할 수 있습니다.

여섯째, 디카시는 SNS와 잘 어울립니다. 지금은 인스타그램, 페이스북, 카톡, 블로그, 카페와 같은 가상의 공간에서 사진과 글, 영상을 함께 올리기 좋습니다.

'SNS 시인'이란 게 있지요. 'SNS(소셜네트워크서비스) 시인'이란, 인스타그램, 페이스북, 카톡, 블로그 같은 SNS를 통해 자신의 시를 올리고, 독자와 소통하는 사람을 말합니다. 즉, 출판사 없이도 온라인 공간에서 시를 쓰고, 읽히고, 나누는 시인입니다.

이들은 종이책 대신 스마트폰 화면을 시집으로 삼고, 댓글과 공감으로 독자와 직접 만나는 새로운 형태의 시인입니다. 문학의 중심이 문단에서 대중으로 옮겨간 시대의 생활 속 시인이 'SNS 시인'입니다. 이런 여러 가지 배경과 이유로 오늘날 디카시가 유행하고 있는 거라고 봅니다.

왜, 디카시를 쓰는가요?

(1) '나'를 솔직하게 표현하기 위해서입니다.

디카시는 내 마음을 포장하지 않고 드러낼 수 있게 합니다. 긴 설명도, 특별한 기술도 필요 없습니다. 사진 한 장, 다섯 줄이면 충분합니다. 내 눈으로 본 것, 내 안에서 움직인 것을 있는 그대로 말할 수 있지요.

(2) 감정을 쉽게 정리하기 위해서입니다.

사람은 하루에도 여러 감정을 겪습니다. 설렘, 외로움, 아픔, 기쁨이 뒤섞이면 마음이 흐립니다. 디카시는 그 감정의 실마리를 잡아주지요.

(3) 일상의 특별함을 발견하기 위해서입니다.

평범한 하루가 특별한 순간으로 바뀝니다. 디카시는 아무렇지 않게 지나치던 것에 '의미'라는 빛을 비추어 줍니다.

(4) 남들과 쉽게 연결되기 위해서입니다.

말이 길면 지칩니다. 디카시는 말 대신 마음을 건넵니다. 짧고 진한, 한 줄, 그 안에 공감이 있습니다.

(5) '나만의 시선'을 가지기 위해서입니다.

같은 장면도 보는 사람마다 다릅니다. 디카시는 내 감각과 개성을 담습니다. 나는 다르게 보고, 다르게 표현합니다.

(6) 문학과 예술을 부담 없이 즐기기 위해서입니다.

디카시는 어렵지 않습니다. 거창한 문장이 없어도 괜찮습니다. 좋아하는 사진, 마음에 떠오른 짧은 글이면 됩니다.

(7) 창의력과 감수성을 키우기 위해서입니다.

사진을 찍고, 말이 따라갑니다. 사물과 감정이 자연스럽게 연결되면서 생각은 넓어지고 감성은 깊어집니다. 디카시는 상상력과 창의력, 감수성의 훈련장이 됩니다.

(8) 삶의 기록을 쉽고 아름답게 남기기 위해서입니다.

사진 한 장, 한 줄의 시. 그걸로도 그날이, 그 순간이 오롯이 남습니다. 마치 초등학교 때 그리며 썼던 그림일기처럼요.

(9) 순간의 느낌을 생생히 담기 위해서입니다.

디카시는 시간을 붙잡는 문학입니다. 눈에 들어온 장면, 가슴을 건드린 감정을 바로 표현합니다. 잊히기 전에 붙잡고, 기록합니다.

(10) 공감과 소통을 위해서입니다.

긴 설명이 없어도, 말이 많지 않아도 됩니다. 사진과 글이 감정을 빠르게 전하고, 서로의 마음을 잇습니다. 디카시는 나눔의 언어입니다.

(11) 힐링과 정서적 안정감을 얻기 위해서입니다.

디카시는 멈추게 합니다. 내 삶의 속도를 잠시 낮추고, 마음을 들여다보게 합니다. 그 짧은 멈춤이, 치유에 도움이 될 수 있습니다.

(12) 문학적 감각을 쉽게 키우기 위해서입니다.

디카시는 누구에게나 열려 있습니다. 짧은 글을 쓰는 습관은 곧 문학의 문을 여는 열쇠가 됩니다. 문학은 어렵지 않다는걸, 디카시가 보여줍니다.

(13) 시적 응축과 함축의 미학을 체험하기 때문입니다.

디카시는 '덜어냄'의 예술입니다. 다섯 줄 안에 넣을 수 있는 것만 남기고, 나머지는 비웁니다. 그 비움 속에 여운이 깃듭니다. 압축된 언어는 독자의 사유를 자극합니다.

(14) 새로운 관점과 미적 발견의 기쁨을 누리기 때문입니다.

디카시는 관찰의 문학입니다. 그냥 지나칠 수 있는 장면에서도 시적 영감을 길어냅니다. 무엇이든 의미가 될 수 있다는 것은, 삶을 더욱 빛나게 하지요. 인간은 자기의 삶에 의미와 가치를 부여하려는 존재지요.

(15) 지성과 감성의 조화를 경험하기 때문입니다.

디카시는 단지 감상에 머물지 않습니다. 사진에 깃든 감성과, 글에 담긴 통찰이 만나 깊은 울림을 만듭니다. 시각과 언어가 서로를 이끌며 공명(共鳴)을 일으킵니다.

(16) 제약이 오히려 창의성을 자극하기 때문입니다.

'사진 + 다섯 줄 이내'라는 한정된 형식, 그 안에서 최대한의 표현을 끌어내야 합니다. 그래서 더 치열하게 생각하고, 더 자유롭게 상상하게 됩니다.

디카시는 쉽고 빠르게 내 감정을 기록하고, 타인과 나눌 수 있는 문학입니다. 내 삶의 순간이 사진으로, 시로 남고, 그 조각들이 모여 한 편의 인생 이야기가 됩니다. 그래서 디카시를 씁니다. 여러분도, 저도요.

디카시에 적합한 '폰카' 촬영 요령은요?

디카시는 좋은 사진에서 시작됩니다. 단순히 예쁘게 찍는 것보다, 감정을 담는 장면을 포착하는 일이 더 중요합니다. 감정이 머무는 순간을 붙잡고, 그 느낌을 짧은 시로 건네는 것. 그게 디카시의 본질입니다.

아래는 디카시에 어울리는 스마트폰 사진 촬영 요령입니다.

(1) 평범한 일상에서 특별한 장면 찾기

식탁 위의 수저, 골목의 화분, 빨랫줄에 걸린 양말 하나. 작고 사소한 것에도 시는 숨어 있습니다. 사소한 것을 사소하게 여기지 않고 사는 것은 삶의 지혜이자 글쓰기의 원천입니다.

(2) 시선 낮추기, 앵글 바꾸기

카메라를 눈높이에서만 들지 마세요. 무릎을 굽히고, 바닥에 가까이 가면 새로운 시야가 열립니다. 젖은 낙엽을 바닥에 엎드려 찍어보세요.

(3) '있는 그대로'가 아닌, '느껴지는 대로'

사진은 사실을 찍는 것이 아니라, 감정을 찍는 것입니다. 창밖 풍경은 '외로움', 그림자 한 줄기는 '그리움'이 됩니다.

(4) 강조할 것만 남기고, 나머지는 덜어내기

사진은 말이 아닌 '여백'으로 말해야 합니다. 불필요한 배경은 과감히
비워 주세요.

(5) 빛을 이용하기 (특히 아침과 석양)

순광은 안정, 역광은 감성, 측광은 입체감을 줍니다. 빛이 곧 분위기
입니다.

(6) 구도 실험하기

정중앙보다는 삼등분 구도, 여백 있는 구도, 비스듬한 구도가 감정을
자극합니다.

(7) 움직임은 멈춘 순간을 기다리기

바람에 흔들리는 커튼, 뛰는 아이, 지나가는 고양이. 찰나의 멈춤이
감정을 담습니다.

(8) 사진은 질문을 던져야 합니다.

"왜 저 장면을 찍었지?" 보는 이가 궁금해해야, 시가 깨어납니다.

(9) 낡고 버려진 것에 시선 두기

깨진 유리, 녹슨 자전거, 젖은 벤치 등은 시간과 감정이 고여 있는 피

사체가 됩니다.

(10) 주제보다 감정을 찍기

꽃을 찍지 마세요. 그 꽃을 바라보던 당신의 마음을 찍으세요.

(11) 익숙한 장면을 비틀어 보기

같은 나무도 정면이 아닌 옆, 아래, 그림자만 찍으면 전혀 다른 이야기가 열립니다.

(12) 사진 속 침묵에 귀 기울이기

비어 있는 장면 속에 더 많은 말이 숨어 있습니다. 침묵은 가장 깊은 시어입니다.

(13) 일상의 사소한 것에 주목하기

대단한 풍경보다 평범한 풍경이 디카시엔 더 어울립니다. 사물의 감정을 듣는 눈을 키우세요.

(14) 피사체에 감정을 이입하기

사진을 찍기 전, 이렇게 물어보세요. "얘는 지금 무슨 말을 하고 있을까?" 감정을 담은 사진이 시가 됩니다.

(15) 한 가지 주제에 집중하기

여러 대상을 한 프레임에 담지 마세요. 하나의 감정, 하나의 시선에 집중하세요.

(16) 빛과 친해지기

빛은 감정의 색입니다. 아침은 희망, 저녁은 쓸쓸함, 흐린 날은 그리움이 됩니다.

(17) 수평과 수직을 의식하기

사진이 기울면 마음도 흔들립니다. 렌즈의 수평만 맞춰도 좋은 사진이 됩니다.

(18) 흔들림은 감정을 망칩니다.

감동적인 순간도 흔들리면 사라집니다. 두 손으로 고정하고, 숨을 잠시 멈추고 찍어보세요.

(19) 무심함이 오히려 좋습니다.

의도한 장면보다, 우연히 찍힌 장면이 시가 될 때가 많습니다. '꾸미지 않은 시선'을 믿어보세요.

(20) 비움의 미학을 살리기

사진에 여백이 있으면, 독자가 그 여백을 채우게 됩니다. 여백은 독자를 시로 초대하는 공간입니다.

(21) 하루 한 장, 감정을 찍기

그날의 마음을 사진으로 남겨보세요. 매일 한 장, 감정의 기록장이 됩니다.

(22) 느낌이 올 때 찍기

사진이 말을 걸어올 때가 있습니다. '이 장면, 그냥 지나치면 아깝다.' 그 순간 셔터를 누르세요. 디카시가 시작됩니다.

:: 디카시다운 사진이란?

감정을 담은 사진입니다. 질문이 되는 사진입니다. 시가 자랄 수 있는 여백이 있는 사진입니다. 디카나 폰카는 단지 촬영 도구일 뿐입니다. 진짜 중요한 건, 사진을 찍는 당신의 마음입니다. 셔터를 누르는 순간, 당신의 감정이 화면에 새겨집니다. 그 장면이 당신을 바라볼 때, 디카시는 이미 시작된 것입니다.

보는 사진이 아니라, 말을 건네는 사진입니다. 겉모습이 아니라 마음의 결이 찍힌 사진, 예쁜 장면이 아니라 생각이 담긴 순간, 눈으로 보는 것이 아니라 시로 느껴지는 장면입니다. 한 줄로 말하면, '시가 스스로 피어나는 사진', 그게 바로 디카시다운 사진입니다.

디카시의 특징은 뭘까요?

(1) 사진과 시가 짝을 이룹니다

디카시는 글만으로 완성되지 않습니다. 사진이 먼저 말을 걸고, 시가 그 말에 대답합니다. 사진 없는 디카시는 반쪽짜리입니다. 이미지와 언어, 시각과 감성이 짝을 이루는 시, 그게 디카시입니다.

(2) 순간을 붙잡는 시, 감정의 생방송

디카시는 준비된 글이 아닙니다. 걷다가 멈춘 마음, 마주친 장면에서 솟구친 감정을 그 자리에서 바로 담아내는 시입니다. 계획된 시가 아니라, 카메라 플래시처럼 터지는 시입니다.

(3) 짧고 압축적인 형식

대개 3~5행, 많아야 5줄 이내. 짧지만 강하게. 함축된 언어와 응축된 감정이 하나의 이미지처럼 읽히는 시입니다. 군더더기를 털어내고, 본질만 남기는 글쓰기입니다. 배추 고갱이(풀이나 나무의 줄기 한가운데에 있는 연한 심) 같은 형식이라고 할까요?

(4) 일상의 예술화

디카시는 특별한 사건이 아니라 평범한 순간을 시로 만듭니다. 말라 붙은 화분, 벤치의 그림자, 식탁의 숟가락 하나 등등 무심코 지나친 것들이 당신의 시선 안에서 예술이 됩니다.

(5) 직관적이고 즉각적인 소통

디카시는 어렵지 않습니다. 누구나 이해할 수 있고, 누구나 공감할 수 있습니다. 한 장의 사진, 한 줄의 말. 그 안에 감정의 진심이 담기면 디카시는 말보다 더 빠르게 마음을 건넵니다.

(6) 혼잣말이지만, 외롭지 않은 시

디카시는 나를 위한 말이지만 그 말은 누군가에게 다가가길 원합니다. "나만 이런 거 아니지?" "당신도 이런 적 있지?" 디카시는 속삭임이지만, 눈 맞춤을 전제로 합니다.

(7) 느낌이 먼저인 언어

기성 시가 의미를 다룬다면 디카시는 느낌을 다룹니다. 무엇을 말하는가보다, 어떻게 느껴지는가가 중요합니다. 해석보다 공감, 논리보다 울림입니다.

(8) '사진 → 시'의 감각적 구조

기성 시는 글로 시작하지만, 디카시는 이미지로 시작합니다. 눈으로 보고, 마음으로 느끼고, 언어로 다시 되새기는 구조. 시보다 먼저 우는 건 사진입니다.

(9) 1인 창작의 완성체

사진도 내가 찍고, 시도 내가 쓰고, 공유도 내가 합니다. 스마트폰 하나면 충분히 창작할 수 있습니다. 디카시는 오늘날 가장 빠르고 자유로운 1인 문학입니다.

(10) 한국적 정서와 닮은 시

디카시는 '한(恨)과 정(情)'이라는 한국인의 깊은 감정을 담기에 알맞은 그릇입니다. 짧은 말 속에 긴 마음을 담는 우리의 언어 습관과도 많이 닮아있습니다.

(11) 문학의 생활화

디카시는 문학을 먼 데서 끌어와 바로 지금, 내 눈앞에 두는 일입니다. 버스 정류장의 그림자, 마당의 작은 들꽃, 택배 상자 위의 물방울까지 문학은 이제 내 일상 안에 있습니다.

(12) 공감의 시, 공유의 문학

디카시는 읽히기 위한 시입니다. 지나치게 어렵거나, 기교만 앞세운 글은 마음을 닫게 만듭니다. 간결한 한 줄, 진심이 묻은 짧은 시는 누군가의 하루를 따뜻하게 만듭니다.

(13) 감정 해방과 치유의 문학

디카시는 내 마음이 나를 안아주는 글입니다. 시를 쓰는 순간, 위로 가 시작되고 사진을 찍는 순간, 회복이 시작됩니다. 디카시는 문학이 아니라 살아가기 위한 글입니다.

(14) 자유와 표현의 훈련장

문법보다 감정이 먼저, 격식보다 여운이 먼저입니다. 종결어미, 행, 운율도 중요하지만, 살맛이 글맛을 앞섭니다. 이 자유로움 속에서, 표현력은 날개를 답니다.

(15) 관계의 문학

디카시는 사진과 글의 관계에서 시작해 나와 사물, 나와 타인, 나와 세상의 관계로 확장됩니다. 한 장의 사진이 세상을 새롭게 바라보게 만들고, 그 시선이 결국 나 자신과도 다시 연결됩니다.

우주를 포함하여, 세상의 모든 것들은 매우 유기적(서로 긴밀히 연관되어 떼어 낼 수 없는 것)으로 연결되어 있습니다. 우리가 다 몰라서 그렇지요. 관계는 연결입니다. 나와 타인과 타자는 별개가 아니라, 곧 나 자신일 수도 있지요. 그런 것을 동물적 감각으로 겪어서 아는 외딴 오지의 사람들은 외부인(손님)을 극진히 대접합니다.

(16) 관찰이 곧 창작

디카시는 시를 잘 쓰는 일보다, 잘 보는 일에서 시작됩니다. '찍는다.'라는 건 '응시한다.'라는 뜻이고, '쓴다.'라는 건 '느낀다.'라는 뜻입니다. 시선이 곧 감정입니다.

(17) 질문하는 시

디카시는 설명하지 않습니다. 해석보다 여백을 남깁니다. 좋은 디카시는 질문 하나만 던지고 조용히 물러납니다.

:: 정리하면

디카시는 짧지만 깊고, 작지만 넓으며, 쉽지만 결코, 가볍지 않은 문학입니다. 디카시는 눈으로 읽고, 마음으로 듣고, 삶으로 기억되는 감정의 언어입니다. 디카시는 오늘을 사는 당신의 마음을 가장 빠르고, 정직하게 담을 수 있는 문학입니다. 그래서 디카시는 지금 저와 당신에게, 우리의 삶에 꼭 필요한 문학입니다.

디카시를 쓸 때 유의 사항은 뭔지요?

(1) 사진과 시는 '한 몸'이어야 합니다.

디카시는 사진과 시가 따로 놀면 곤란합니다. 사진이 웃는데 시가 울면, 독자의 마음은 엇박자가 납니다. 사진을 먼저 찍고 시를 쓸 때, 자신에게 꼭 물어보세요. "이 사진, 지금 무슨 말을 하고 있지?" 그 질문에서 시가 시작됩니다.

(2) 시는 사진을 설명하지 않습니다.

사진을 있는 그대로 말로 풀어놓으면 그건 시가 아니라 해설입니다. "노란 꽃이 피었다. 바람이 분다." 이것은 일기지, 디카시가 아닙니다. 설명 대신, 감정을 담아주세요. 사진을 다시 보게 만드는 말, 그게 디카시입니다. "노란 꽃잎 하나, 가슴에 내려앉았다."

(3) 시어는 짧고 강하게

디카시는 5줄 이내입니다. 짧을수록 더 깊게 울려야 합니다. 말이 길면 감정은 사라집니다. 한 줄엔 하나의 감정, 하나의 이미지면 충분합니다.

(4) 감정은 담되, 감상은 줄이기

"나 힘들다"보다, "힘든 나를 비추는 장면"을 보여주세요. 참는 눈물

이 더 깊게 전해집니다. '창문에 머물던 바람마저 나를 지나쳤다.'

(5) 상투적인 표현은 피하기

들어본 적 있는 말은 마음에 남지 않습니다. 흔한 비유보다, 당신만의 감각을 꺼내세요. '장미만 보면 마음이 따끔거린다.'

(6) 문법은 정확히, 시제는 통일되게

짧은 글일수록 작은 오류도 커 보입니다. 시제는 흐름의 맥입니다. 과거와 현재가 뒤섞이면 감정도 흔들립니다. 입으로 소리내어 읽어보세요. 리듬과 문법이 함께 보입니다.

(7) 제목도 시입니다.

제목은 시의 얼굴입니다. 제목이 평범하면 시도 잊힙니다. 독자의 눈을 이끌면서, 본문과 조화를 이루는 제목을 붙이세요. 시를 다 쓰고 제목을 마지막에 다시 다는 습관, 아주 좋은 습관입니다. '엄마의 손에는 연못이 있다.'

(8) 마침표보다 쉼표, 쉼표보다 여백

디카시는 여운의 예술입니다. 글이 짧다고 멈춤까지 짧아야 하는 건 아닙니다. 마침표는 감정을 닫고, 쉼표는 생각을 열며, 여백은 상상을 초대합니다.

(9) '나'에서 출발해 '우리'에게 닿기

가장 개인적인 체험이 가장 보편적인 감동이 될 수 있습니다. 억지로 멋을 내거나 남을 흉내 내면 시는 껍데기입니다. 진심이 담겨야 공감이 따라옵니다. 물컵 하나 / 그 안에 / 내 하루가 반쯤 담겨 있었다.

(10) 찰나에 '시간'을 담기

디카시는 찰나를 담습니다. 그러나 그 안에 인생의 시간, 이야기의 흐름이 녹아 있어야 감정이 머뭅니다.

(11) 디카시는 기술이 아니라 태도입니다.

디카시는 시 짓기 기술이 아닙니다. 세상을 바라보는 눈, 느끼는 마음, 말을 아끼는 태도입니다. 말 대신 침묵을 택하고, 눈물 대신 한 줄의 시로 건네는 것. 디카시는 당신의 삶을 응시하는 공감의 문학입니다.

:: ◉ 마지막으로

디카시는 짧지만, 그 안에 세상과 사람과 나를 한 번에 담아냅니다. 찍을 때는 '눈'이, 쓸 때는 '가슴'이 움직입니다. 읽히는 순간 독자의 마음을 안아줍니다.

디카시는 말을 아끼는 사람의 가장 깊은 고백입니다. 당신이 쓰는 한 줄, 당신이 찍은 한 장, 그 안에 담긴 마음 하나가 누군가에겐 살아갈 이유가 될 수 있습니다.

진부하지 않은 디카시 쓰기 요령은요?

진부(陳腐. 묵을 진. 썩을 부)의 뜻은 오래 묵었거나 썩은 것을 말합니다. 말, 사상, 표현, 생각, 행동 등이 낡아서 새롭지 못한 것을 진부하다고 합니다. '낡고 썩은 것처럼 새로움이 없는 상태'가 진부입니다.

'진부하다'의 유의어는 상투적이다, 식상하다, 흔해 빠지다, 케케묵다, 구태의연하다, 낡았다, 판에 박혔다, 뻔하다, 반복적이다, 틀에 박히다, 전형적이다(부정적인 뉘앙스로 쓸 때), 평범하다, 흔하다, 시대에 뒤떨어지다 등이 있고요. "그 영화 결말은 너무 상투적이야. 관객이 다 아는 전개였지." "그 말은 너무 진부해서 감동이 없더라."

'진부하다'의 반의어는 참신하다, 신선하다, 독창적이다, 새롭다, 혁신적이다, 창의적이다, 기발하다, 번뜩이다, 생생하다, 파격적이다, 획기적이다, 특별하다, 독특하다 등이 있습니다. "그 시는 표현이 참신해서 확 와닿았어." "이번 광고는 기발하고 신선해서 눈길을 끌었어."

대부분의 '문학과 예술'은 '진부를 거부하고, 참신'을 선호합니다. 디카시도 마찬가지입니다. 저도 잘 되는 건 아니지만, 진부하지 않은 디카시를 쓰는 요령을 함께 살펴보겠습니다. 우리의 삶처럼, 시 공부도 애면글면할 때, 조금씩 나아진다고 봅니다.

(1) 말을 바꾸세요. 틀을 비트세요.

익숙한 말은 지우고 낯선 말로 바꾸세요. "햇살이 따뜻하다"라는 진부합니다. "햇살이 오늘은 어깨에 손을 얹고 말을 걸었다"

(2) 보는 것이 아니라, 읽는 것입니다.

사진 속 사물과 풍경의 속마음을 읽어야 합니다. "이 벤치는 오늘 누구를 기다릴까?" 이런 질문이 디카시의 문을 엽니다.

(3) 관찰이 다르면, 시도 다릅니다.

좀 더 가까이, 천천히, 낯설게 보세요. 새처럼, 아이처럼, 초행자처럼, 순례자처럼, 아주 처음 보는 것처럼요.

(4) 말을 줄이고, 여운을 남기세요.

너무 친절하면 시의 숨이 막힐 수 있지요. 말하지 마세요. 남겨두세요. 그 빈자리에 독자가 들어옵니다.

(5) 발상의 전환이 생명을 줍니다.

꽃은 피어야 예쁘지만, 지는 꽃도 말을 겁니다.

   최우창의 디카시 창작 노트

(6) 익숙한 단어를 낯설게 써보세요.

시간은 흐르지 않아도 됩니다. "시계 속 바늘이 / 내 하루를 찔렀다." 이런 표현이 감각을 새롭게 엽니다.

(7) 끝에서 반전을 주거나, 침묵을 남기세요.

짧은 시일수록 마지막 한 줄이 울림을 만듭니다. 온종일 웃던 아이가 / 돌아서며 말했다 / "엄마는 오늘 한 번도 안 웃었어요."

(8) 감정을 담되, 과유불급이 되지 않아야 합니다.

과도한 감정은 독자를 밀어냅니다. "빈 그릇을 닦다 / 그대 이름 / 닦아냈다." 감정은 감췄을 때 더 짙습니다.

(9) 오감을 믿으세요.

시는 눈으로만 쓰지 않습니다. 귀와 코, 손끝, 피부로도 씁니다. 햇살, 빗소리, 냄새, 촉감, 맛. 그 모든 것이 시의 재료입니다.

(10) 말장난은 진심을 가릴 수 있습니다.

재치도 좋지만, 억지는 피해야 합니다. 말장난이 즐거움이 될 때도 있지만, 오해를 부르고 진심을 흐리게 할 수도 있지요.

(11) 사진과 시는 붙어 있어야 합니다.

사진은 시의 그림자, 시는 사진의 속마음입니다. 떨어지면 디카시가
아닙니다.

(12) 당신의 말투, 글투로 쓰세요.

겪은 일, 본 풍경, 느낀 감정에서 우러난 말은 누구도 대신 쓸 수 없
어요. 내가 살던 자리에서만 나올 수 있는 언어, 그것이 바로 '나만의
글투'예요. 억지로 멋을 내지 말고, 삶의 흔적을 고스란히 담아보세요.

(13) 기억보다 느낌을 쓰세요.

"모퉁이를 돌다 / 아주 오래된 웃음 하나가 / 날 불러 세웠다"

(14) 비워야, 보입니다.

시도, 사진도 다 담으려 하지 마세요.

(15) 말이 아니라, 눈길을 붙잡으세요.

우연히 스친 장면, 스친 마음 거기서 시는 시작됩니다. "굴러다니던
깡통 하나 / 그 안에서 / 바람이 울고 있었다."

(16) 사물을 낯설게 보세요.

컵은 컵이 아닐 수도 있습니다. "컵 안의 커피가 / 식는 게 아니라 /

     최우창의 디카시 창작 노트

내 마음이 식고 있었다"

(17) 시작을 완벽하게 하려 하지 마세요.

처음부터 완벽한 글을 쓰려고 하면 글이 가고자 하는 길이 막힐 수도 있습니다. 생각나는 대로 일단 적은 다음에 다듬으면 됩니다.

(18) 사물에 사람의 표정을 입혀 보세요.

"구겨진 휴지통 안 / 종이컵 하나 / 입을 꾹 다문 채 / 고개를 숙이고 있다." 이런 시가 사물에 숨결을 불어 넣습니다.

(19) 배경보다 관계를 보세요.

정류장은 장소가 아니라 기억입니다. "비 오는 정류장 / 우산 없이 기다리던 사람 / 내가 젖은 이유였다."

(20) 말하지 말고, 보여주세요.

사랑을 말하지 마세요. 보여주세요. "너 지나간 자리에 / 아직 바람이 / 머물고 있다."

(21) 무엇을 남겨둘지를 고민하세요.

디카시는 여백의 예술입니다. "사라진 고양이 / 밥그릇엔 / 따뜻한 눈빛 하나 / 아직 놓여 있다."

디카시를 잘 쓰는 방법은 있나요?

(1) 주제는 멀리 두지 말고, 가까이에서 꺼내세요.

거창한 주제에 매달리지 않아도 됩니다. 창문 틈새로 스며든 햇살, 책상 위에 굴러다니는 연필 한 자루, 길모퉁이에 핀 민들레 하나. 이런 평범한 일상이 디카시의 토양입니다.

(2) 사진에 감정을 꼭 담아두세요.

그냥 찍지 마세요. 왜 찍었는지, 그때의 마음을 같이 담아야 합니다. 사진이 시의 첫 문장이 됩니다.

(3) 글은 사진의 확장입니다.

사진을 설명하는 글은 설명서일 뿐입니다. 사진이 말하지 못한 부분을 글이 채워야 합니다. 둘이 하나가 되어야 디카시입니다.

(4) 첫 느낌을 믿고 써보세요.

오래 생각하지 않아도 괜찮습니다. 사진을 보고 가장 먼저 떠오른 단어, 그게 바로 시의 씨앗입니다. 꾸미지 않은 문장이 오히려 더 진실합니다.

(5) 의인화는 감정을 입히는 좋은 방법입니다.

무생물도 숨을 쉬게 해보세요. 꽃이 웃고, 바람이 말을 걸고, 돌멩이가 외로워할 수 있습니다. 꽃이 웃고, 바람이 말을 걸고, 돌멩이가 외로워하는 순간, 대상이 살아나고 시의 숨결이 깊어집니다.

(6) 제목은 사진 속에서 꺼내세요.

억지로 꾸며 붙이지 마세요. 사진 속 사물이나 분위기에서 자연스럽게 제목을 건져 올리면, 사진과 글이 더 단단하게 결합됩니다.

(7) 짧게 써도, 길게 남기세요.

디카시는 짧습니다. 그러나 여운은 길어야 합니다. 줄 수는 적어도, 울림은 커야 합니다.

(8) 사진이 곧 시의 첫 문장입니다.

사진을 잘 찍는 연습도 중요합니다. 구도, 빛, 분위기 그 모든 것이 시의 분위기를 결정합니다. 좋은 사진은 좋은 시를 부릅니다.

(9) 반복과 대구를 활용해 보세요.

같은 구조를 반복하면 리듬이 생깁니다. 반대되는 이미지를 나란히 놓으면 긴장감이 살아납니다. 디카시에선 짧은 문장일수록 이 효과가 더 강하게 드러납니다.

(10) 자신만의 시선을 믿으세요.

누구나 길을 걷지만, 누구나 같은 걸 보진 않습니다. 당신만의 시선, 당신만의 언어가 디카시의 생명입니다. 디카시는 특별한 재능보다 진심 있는 시선으로 시작됩니다. 가까운 일상에서, 이 순간의 마음에서 그 한 줄을 꺼내어보세요. 당신만의 디카시, 당신만이 쓸 수 있어요. 늘 응원할게요.

(11) 사물과의 관계를 상상해 보세요.

디카시는 풍경보다 관계에 더 민감합니다. 꽃과 나, 벤치와 어르신, 나무와 바람 사이의 감정을 상상해 보세요. 그때부터 사물이 말을 하기 시작합니다.

(12) 여백을 남겨두세요.

다 말하지 않아야, 독자가 걸어 들어옵니다. 글이 아닌 마음으로 읽는 디카시. 비움이 곧 초대입니다.

(13) 결말에 반전을 넣어보세요.

짧은 글일수록, 마지막 줄이 시를 결정합니다. 읽다가 멈추게 만들고, 되돌려보게 만드는 힘. 그게 반전의 미학입니다.

(14) 마음이 먼저 울어야 글도 울립니다.

억지 감동은 들통이 납니다. 먼저 당신이 흔들려야, 글이 누군가를 흔들 수 있어요. 가슴이 먼저 젖어야, 글이 젖습니다.

(15) 추상어보다 구체어를 선택해야 합니다.

추상적인 말 대신 손에 잡히는 사물을 딱 하나 제시해 독자의 머리에 선명한 그림을 그리게 해야 합니다. 추상(抽象. 뺄 추, 뽑을 추)은 대상에서 모습을 뺀 거고, 구체(구상)는 대상의 모습이 생생한 것이지요. 독자는 추상보다 구체에 잘 반응합니다.

디카시 쓰기는 눈앞의 구체적이고 사실적인 사진에서 마음이 움직이는 본질을 건져 올리고 그 의미를 곱씹어 되새긴 끝에 다시 한 줄의 구체적 말로 되돌려 놓는 과정입니다. 사진은 현실이지만 시가 되는 순간, 그 현실에 새로운 숨결이 깃듭니다.

(16) 디카시는 문학이자 기록입니다.

삶의 작은 흔적을 시로 남겨보세요. 그날 본 빛, 들은 소리, 느낀 바람. 모두 디카시가 될 수 있습니다. 디카시는 당신 삶의 일기이자, 당신 마음의 창입니다. 시를 잘 쓰는 사람보다 진심을 꺼낼 줄 아는 사람이 디카시에 더 가까이 있는 거예요.

디카시에 어울리는 문체와 표현법은요?

(1) 짧은 문장, 짧은 숨

디카시는 짧은 호흡 속에 깊이를 담아야 합니다. 단문 중심의 문장은 감정을 곧고 선명하게 전달해 줍니다. 한 줄씩 끊어 읽히는 문장일수록 여운은 더욱 길게 남습니다.

(2) 말하듯 쓰기, 구어체 활용

디카시는 삶의 언어로 써야 생명력이 살아납니다. 누군가에게 속마음을 털어놓듯, 자연스럽고 솔직한 말투가 공감을 이끕니다. 문장처럼 꾸미지 않고, 사람처럼 말하는 글이 오히려 더 시적입니다.

(3) 마지막 줄의 반전

반전은 앞에서 예상한 흐름이 마지막에 뜻밖으로 뒤집히는 순간이에요. 마지막 한 줄에서 반전이 일어날 때, 시는 깊은 감탄을 끌어냅니다. 예상치 못한 한 문장이 전체 흐름을 바꾸며 여운을 더합니다. 질문이나 반어법을 활용하면 더 효과적입니다.

(4) 의인화를 통한 생명 부여

의인화는 말 없는 사물에 인간의 숨결을 불어 넣어, 마음으로 말하게 하는 문학의 마법이에요. 사물이나 풍경에 말을 걸고 감정을 입혀 보기 바랍니다. 대상과 대화하듯 글을 쓰면 장면이 더욱 생동감 있게 살아납니다. 그 순간, 사물은 단순한 배경이 아닌 감정의 주체가 됩니다.

(5) 생략과 여백의 미학

'생략'은 말을 멈춤으로써 더 많은 의미를 남기는 언어의 숨결이고, '여백'은 말과 말 사이에 독자의 상상이 피어나는 공간이에요. 모든 것을 다 말할 필요는 없습니다. 말을 덜어낼수록 독자의 상상력이 빈자리를 채워 줍니다. 생략은 곧 공감의 문을 여는 장치입니다.

(6) 반복 구조로 리듬 만들기

짧은 글일수록 리듬감이 중요합니다. 같은 구조나 어휘의 반복은 감정의 파장을 더욱 강하게 만듭니다. 디카시는 시이자 음악이기도 합니다.

(7) 오감(五感)의 언어 사용

디카시는 시각뿐 아니라 청각, 촉각, 후각, 미각까지도 함께 호소해야 합니다. 냄새와 소리, 촉감이 담긴 문장은 더욱 입체적인 감동을 줍니다. 오감을 깨우는 언어가 독자의 기억을 자극합니다.

오감은 몸이 아니라 영혼이 세상을 읽는 다섯 개의 창이에요.
눈은 빛의 이야기를, 귀는 바람의 속삭임을, 코는 시간의 향기를, 입은 삶의 맛을, 손은 존재의 온도를 기억해요. 그 다섯 개의 창이 열리면, 시는 살아 숨을 쉽니다.

(8) 속삭이듯 건네는 질문

질문은 독자와 대화하는 방식입니다. 자문자답하는 형식은 독자의 마음을 자연스럽게 끌어당깁니다. 질문을 통해 내면의 울림이 생겨납니다.

(9) 말놀이와 언어유희

말놀이는 말을 가지고 노는 일입니다. 장난처럼 보이지만, 그 안에 마음을 넣으면 말이 새로운 표정을 짓습니다. 소리, 모양, 의미를 살짝 뒤튼 순간 말이 웃고, 숨고, 다시 피어납니다.

언어유희는 말이 스스로 비틀어 새로운 뜻을 만들어내는 장난입니다. 익숙한 단어가 낯설게 바뀌고 낯선 단어가 친근하게 다가오는 순간 문장은 생각의 울타리를 넘고, 말은 노래처럼 가볍게 날아오릅니다.

디카시는 바로 이런 말을 좋아합니다. 짧은 글 속에서 말이 뛰놀고, 뜻이 반짝하고, 감정이 조용히 새어 나올 때 작은 한 줄이 오래 남지요.

(10) 사진 밖의 세계 암시하기

사진 속에 담기지 않은 이야기를 문장으로 암시해 보세요. 보이지 않는 것을 상상하게 할 때, 시는 확장됩니다. 사진 바깥의 공간이 시의 새로운 무대가 됩니다.

(11) 의도적으로 문법에서 벗어나기

시에서는 때때로 문법의 틀을 깨는 것이 진심을 더 잘 드러냅니다. 형식보다 진심이 먼저입니다. 의도적인 어긋남은 독자의 마음을 흔듭니다.

(12) 낯선 단어의 조합

익숙하지 않은 단어들의 조합은 독자의 시선을 멈추게 합니다. 어울리지 않을 깃 같은 말들의 충돌에서 새로운 의미가 태어납니다. 낯선 만남이 신선함이 됩니다. "달빛이 눅눅한 마음을 다림질했다 / 주름진 슬픔이 반듯해졌다 / 그제야 내가 펴졌다."

(13) 일상어와 생활 사물의 활용

디카시는 낯선 문학이 아닙니다. 부엌의 냄비, 텃밭의 호박처럼 익숙한 소재가 독자의 마음에 닿습니다. 일상에서 시를 발견할 수 있어야 디카시입니다. 빨래집게, 낡은 우산, 깨진 머그잔, 낡은 신발 한 켤레, 책상 위의 몽당연필, 밥숟가락 등등이지요.

(14) 틈을 바라보는 시선

디카시는 빈자리를 보는 문학입니다. 사라진 것, 비어 있는 것, 지나간 것에 주목해야 합니다. 보이지 않는 것에 시선이 머물 때, 글은 깊어집니다. 문틈, 돌 사이의 틈, 마음의 틈, 기억의 틈, 시간의 틈, 둘 사이의 틈, 커튼의 틈, 골목의 틈 등등이지요.

(15) 감정의 절제와 절묘한 간결함

너무 많이 울지도, 지나치게 웃지도 않아야 합니다. 감정을 조용히 눌러 담을수록 울림은 오히려 커집니다. 절제된 감정이 진짜 감정을 전합니다.

(16) 대화체의 생동감

누군가와 대화하는 듯한 문장, 혹은 혼잣말처럼 속삭이는 표현은 글을 살립니다. 살아 있는 말 한마디가 시의 숨결이 됩니다. 거울을 보며 건네는 말도 시가 됩니다.

(17) 시간과 공간의 압축

디카시는 압축의 예술입니다. 짧은 문장 안에 긴 세월, 넓은 공간을 눌러 담아야 합니다. 글의 농도가 높을수록 감동도 짙어집니다.

(18) 기억의 조각을 엮기

사진은 잊고 있던 기억을 불러옵니다. 그 기억의 파편들을 문장으로 이어 붙이면 한 편의 시가 됩니다. 디카시는 기억의 잔상으로 완성됩니다.

위에 소개해 드린 문체와 표현법은 정답이 아닙니다. 그저 방향을 안내하는 작은 지도일 뿐입니다. 디카시는 결국 '당신만의 시선'과 '당신만의 말(글투, 문체)'로 써야 진짜가 됩니다. 이 도구들을 참고하시되, 언제든 과감히 벗어던지셔도 됩니다. 중요한 건 단 하나, 마음을 담는 일입니다. 당신만의 디카시가 누군가의 마음에 닿기를 진심으로 응원합니다.

디카시 창작 5단계는?

<디카시 창작의 3단계>

■ 1단계. 사진 찍기 : '보는 것이 아닌, 느끼는 찰나'

디카시는 사진에서 시작됩니다. 스마트폰이나 디지털카메라로 '마음이 머문 순간'을 포착하세요. 일상의 한 장면이지만, 내 안에서 감정이 움직였다면 그때가 셔터를 누를 타이밍입니다. 사진은 디카시의 무대이자 무늬입니다.

■ 2단계. 시 쓰기 : '보이지 않는 말을 글로 받는다.'

찍은 사진을 바라보며 마음을 엽니다. 그 장면이 들려주는 속삭임을 조용히 받아 적습니다. 길게 쓰지 말고, 다섯 줄 안팎으로 짧고 강하게 눌러 담습니다. 함축과 여운, 그리고 여백이 중심입니다.

■ 3단계. 공유하기 : '디카시는 나눌 때 완성된다.'

완성된 디카시는 혼자만 간직하지 않습니다. SNS, 블로그, 디카시 모임 등을 통해 나눠보세요. 읽는 이와 공감이 이루어지는 순간, 디카시는 비로소 숨을 쉽니다.

저는 저의 시를 저의 카페(다음의 '돌삐사랑')에 싣습니다. 그리고 틈틈이 읽으며 수정하고 보완도 합니다. 완성된 시는 카톡이나, 페이스북 등과 같은 SNS를 통하여 나누고 소통합니다. '돌삐사랑' : https://cafe.daum.net/dolbee7

<디카시 창작의 5단계>

3단계를 좀 더 정밀하게 풀어낸 것이 바로 5단계입니다. 디카시는 단순히 '찍고, 쓰고, 올리는' 과정을 넘어서, 관찰과 감정, 해석과 정제의 흐름을 따라야 더 깊어집니다. 다음의 다섯 단계는 디카시 창작의 본질을 가장 충실히 담고 있습니다.

■ 1단계. 관찰(보기) : 마음이 멈춘 장면을 포착하라

디카시는 '좋은 구도'보다 '마음이 반응한 순간'을 찾는 예술입니다. 눈으로 보되, 가슴으로 느껴야 합니다. 익숙한 장면에서 낯선 울림을 발견할 수 있어야 디카시가 시작됩니다.

■ 2단계. 느낌(느끼기) : 사물에 감정을 이입하라

그 장면을 단지 '대상'으로 보지 말고, 그 감정의 입장이 되어보십시오. 벤치가 외로워 보이고, 신호등이 머뭇거리는 것처럼 느껴질 때, 사진은 단순한 기록에서 감정의 틀로 바뀝니다. 벤치를 보는 순간, '기다리는 마음'이 떠오를 수도 있습니다.

■ 3단계. 해석(생각하기) : 장면에 이야기를 불어넣어라.

디카시는 짧은 시이지만, 그 속엔 짧은 이야기가 담겨야 합니다. 왜 그런 모습일까? 누구의 마음일까? 어떤 상황이었을까? 그 장면에 '이야기'를 불어넣어야 비로소 시상이 열립니다. 기울어진 벤치는 누군가 떠난 자리일지도 모릅니다.

■ 4단계. 표현(쓰기) : 짧고 강하게, 여운 있게

시를 쓸 때는 단순하지만 강한 문장을 써야 합니다. 말을 줄이고, 감정을 말하지 말고 '보이게' 표현하세요. 한 줄, 한 단어가 전체를 말할 수 있어야 합니다.

■ 5단계. 정제(다듬기) : 버릴 줄 아는 용기, 여백의 미학

글을 다 쓴 후에는 반드시 다시 읽고 덜어내야 합니다. 직설은 줄이고, 독자가 상상할 수 있는 여백을 남기세요. 설명은 잊고, 침묵을 담아야 디카시가 완성됩니다. 다 말하지 않고도 느껴지게 하는 것이 디카시의 깊이입니다.

디카시는 문장력보다 느끼는 능력이 먼저이고, 감정을 잘 쓰는 것보다 덜어내는 용기가 더 중요합니다. 무엇보다도, 당신의 진심이 있어야 진짜 디카시가 됩니다. 언제나 당신의 디카시를 응원합니다. 당신이 찍은 장면, 당신이 느낀 마음, 당신이 남긴 글이 누군가의 하루를 따뜻하게 만들어줄 거예요.

디카시 반드시 '직촬'이어야 할까요?

디카시는 '직촬(직접 촬영함)'이 원칙인 것으로 알고 있습니다. 디카시는 일반적으로 〈사진 찍기〉 → 〈시 쓰기〉 → 〈공유하기〉의 세 단계를 거칩니다.

디카시는 직접 찍은 사진을 바탕으로 5줄 이내의 짧은 시를 쓰고, 작성한 시를 공유하는 일련의 과정을 거칩니다. 이 과정을 그대로 따르면, 본인이 직접 찍은 사진에만 글을 써야 하는 제한이나 제약이 생깁니다.

시상(詩想), 즉 시적인 생각이나 상념은 문득 떠오르기도 합니다. 문득 떠오른 그 시상에 알맞은 사진이 없다면 디카시를 쓸 수 없는 상황에 놓이게 됩니다. 직촬의 한계라고 할 수 있지요.

지금은 인공지능으로 원하는 그림이나 사진을 생성할 수 있는 시대입니다. 시를 먼저 쓰고, 그 시에 어울리는 이미지를 AI로 생성하여 디카시를 완성하는 방식도 디카시의 확산과 활성화를 위한 한 방법이 될 수 있습니다. 어디까지나 개인적인 생각입니다.

실제로 이 책 속에 있는 사진 가운데는 인공지능으로 생성한 사진이 있습니다. 떠오른 시상에 어울리는 사진이 없을 때는 인공지능의 도움을 받아 디카시에 어울리는 사진을 생성했습니다.

대회나 공모전에서 직접 찍은 사진으로 디카시를 쓰도록 요구하는 것은 타당하다고 봅니다. 하지만 타인이 찍은 사진을 보고 불현듯 시상이 떠올라 좋은 디카시를 쓸 수도 있습니다. 그런 경우에는 사진의 출처를 반드시 밝히고, 또 저작권에 문제가 되지 않는 사진 자료라면, 그 사진을 바탕으로 디카시를 쓰는 것도 가능하다고 봅니다.

예를 들면, 경주의 석굴암 내부 사진이나 국립중앙박물관에 전시된 '신라금관' 사진은 일반인이 직접 촬영하기 어려운 경우가 많습니다. 디카시의 사진을 '직촬'로만 제한한다면, '신라금관'을 소재로 디카시를 쓰기 어려울 수도 있습니다.

이에, 개인적인 의견으로는 디카시 창작에서 직촬을 기본과 원칙으로 삼되, 다음과 같은 사진들도 디카시의 창작 소재가 될 수 있도록 허용하는 것도 타당하다고 봅니다.

– 공개적이고 공식적으로 사용이 가능한 사진

– 직촬이 아니지만, 출처를 명확히 밝힌 사진

– 법적으로 사용이 허용된 사진

– 직촬이 곤란하거나 불가능한 사진

– 인공지능으로 생성한 사진

– 사진가와 시인의 공동 창작

– 그 밖에 논의를 거쳐 정할 수 있는 사진 등

소중하고 위대한 글은 열린 생각과 사고에서 비롯된다고 믿습니다. 위의 글은 개인적인 생각이지만, 앞으로는 이런 것까지를 허용하는 것이 디카시의 큰 흐름이자 장래의 추세가 되리라고 봅니다. 저와 다른 생각도 존중합니다.

디카시는 시대의 흐름과 기술의 발전 속에서 더 자유롭고 창의적인 방식으로 확장될 수 있다고 믿습니다. 직촬이 주는 현장감과 진정성도 중요합니다. 시적 상상력과 예술적 자유 역시 디카시의 본질 속에 함께 어우러질 수 있다고 생각합니다.

참고로, 저의 졸시(拙詩)에 있는 사진은 제가 직접 촬영한 것도 있고, 그렇지 않은 것은 인공지능의 도움을 받아 생성한 것도 있습니다.

디카시 쓰기는 어떤 교육적 효과가 있나요?

'디카시(서동균 시인의 디카시 「봄」)는 2018년 중학교 1학년 국어 교과서(미래엔)와 고등학교 1학년 국어 교과서(천재교육)에 수록되었다. 2019년도엔 고등학교 국어 교과서(창비)에 황순원디카시공모전에서 최우수상을 탄 윤예진 학생의 디카시 「기다림」이 실렸다. 이어서 '2019학년도 6월 고2 전국연합 학력평가'에 공광규 시인의 디카시 「수련잎 초등학생」을 텍스트로 3문항이 출제되었다. 현재 중고등학교에서는 자유 학기제, 방과 후 수업, 문학 동아리 등을 통해 선택적으로 디카시 수업이 이루어지고 있다.' 출처 : 쿨투라

위의 글처럼, 디카시는 이제 국어 교과서에 소개될 정도로 교사와 학생의 관심 사항이 되었습니다. 그리고 저의 경험으로 볼 때, 디카시 쓰기는 학생들의 다양한 능력 계발에 큰 도움이 된다고 판단합니다. 다음은 디카시 쓰기와 학생들의 다양한 능력 향상의 연관성을 적어 봤습니다.

◆ 공감력 향상

공감력은 다른 사람의 마음을 헤아리고, 그 감정에 함께 머무는 힘입니다. 눈으로 보이지 않는 마음의 결을 읽는 능력이지요. 누군가의 슬픔에 함께 눈시울이 붉어지고, 타인의 기쁨에 미소로 화답할 수 있는 마음의 촉수, 그것이 공감력입니다.

학생들이 디카시를 읽고 쓰면, 그 힘이 자연스레 길러집니다. 사진을 찍을 때 학생들은 사물의 겉모습만이 아니라 그 안의 숨결을 들여다보게 됩니다. 떨어진 낙엽 한 장에도, 비에 젖은 운동화에도, 창가의 빈 의자에도 이야기를 발견하지요. 사물과 장면을 관찰하며, 그 속에 깃든 '다른 존재의 마음'을 상상합니다. 그 과정이 바로 공감의 시작입니다.

또한 디카시는 짧은 시어로 마음을 표현하기에, 학생들은 자기감정을 정직하게 들여다보게 됩니다. 자신의 슬픔을 한 줄에 담을 때, 다른 사람의 눈물도 함께 떠올립니다. 친구의 디카시를 읽으며 '이 아이는 이런 마음이었구나' 하고 느끼는 순간, 공감의 문이 열립니다.

결국 디카시 쓰기는 타인의 눈으로 세상을 보는 연습입니다. 타인의 시선으로 본 풍경은 달라집니다. 그리고 그 다름을 이해할 때, 마음의 폭이 넓어집니다. 공감력은 그렇게, 한 장의 사진과 한 줄의 시를 통해 자라납니다. 이것이 제가 믿는 디카시 교육의 참된 힘입니다. 사람과 사물, 자연과 마음이 서로의 언어를 배우는 시간, 그곳에서 학생들은 진짜 '사람다움'을 배웁니다.

◆ 관계력 향상

관계력은 사람과 사람 사이의 다리를 놓는 힘입니다. 서로의 다름을 이해하고, 존중하며, 마음의 거리를 좁혀 가는 능력이지요. 관계력은 단순한 친화력이나 사교성이 아닙니다. 타인의 입장에서 생각하고,

서로의 감정을 조율하며, 함께 살아갈 길을 찾는 지혜입니다. 관계력은 행복한 삶에 꼭 필요한 능력입니다.

학교에서 학생들이 디카시를 읽고 쓰면, 그 관계력이 자라납니다. 사진 속 장면을 함께 바라보며 이야기를 나누는 순간, 학생들은 '같은 것을 다르게 보는 법'을 배웁니다. 어떤 학생은 그 장면을 슬프게 보고, 또 다른 학생은 따뜻하게 봅니다. 그 차이를 나누며 서로의 마음을 이해하게 됩니다. 관계는 그렇게 시작됩니다.

또한 디카시는 짧은 말로 마음을 전하는 예술이기에, 서로의 말에 귀 기울이는 태도가 필요합니다. 친구의 디카시를 읽으며 "이 친구의 마음이 이랬구나" 하고 느끼는 순간, 공감이 생기고, 이해가 쌓입니다. 서로의 마음을 오해하지 않고, 서로의 언어를 배우게 됩니다.

무엇보다 디카시는 '나'와 '너'의 사이를 잇는 문학입니다. 한 장의 사진과 한 줄의 시가, 말로 하지 못한 마음을 대신 전해줍니다. 싸운 친구에게 건네는 디카시 한 편이, 미안하다는 말보다 깊게 전해질 때가 있습니다.

그래서 저는 믿습니다. 디카시를 읽고 쓰는 교실은, 언어로 연결된 작은 공동체가 된다고요. 그 속에서 학생들은 관계의 예술을 배우고, 사람 사이의 온도를 알아갑니다. 그것이 진정한 배움의 시작입니다.

관찰력은 눈앞의 사물이나 현상을 세밀하게 살피고, 그 특징과 변화를 정확하게 포착하는 힘입니다. 쉽게 말해, 그냥 보는 것이 아니라 '주의 깊게 보는 능력'입니다. 현대 사회는 정보와 자극이 넘쳐나기 때문에, 관찰력이 있어야 중요한 것을 놓치지 않고 본질을 파악할 수 있습니다. 과학, 예술, 인간관계 등 어떤 분야에서도 관찰력은 문제 해결과 창의적 아이디어의 출발점이 됩니다.

학생들이 디카시를 쓰면, 사진 속 대상과 장면을 자세히 들여다보게 됩니다. 꽃잎의 결, 빛과 그림자의 방향, 색의 미묘한 변화, 배경 속 작은 사물까지 놓치지 않으려 노력합니다. 이러한 세심한 시선이 시어 선택과 표현의 깊이를 더합니다.

또한 관찰은 단순한 시각에만 머물지 않고, 소리·냄새·온도 같은 감각까지 확장됩니다. 디카시 속에서 '보이는 것 너머의 느낌'을 담아내려는 과정이 곧 관찰력의 훈련입니다. 친구들의 작품을 보며 자신이 놓쳤던 부분을 발견하는 경험도 시야를 넓혀줍니다.

이렇게 길러진 관찰력은 학습, 연구, 예술, 인간관계 모든 영역에 응용됩니다. 디카시 쓰기는 학생들에게 세상을 더 깊고 넓게 바라보게 하는 살아 있는 관찰력 교육이 됩니다.

◆ 논리력 향상

논리력은 생각과 주장을 일정한 근거와 순서에 따라 전개하여, 듣는 사람이나 읽는 사람이 이해하고 납득할 수 있게 만드는 힘입니다. 쉽게 말해, 생각을 체계적으로 정리하고 설득력 있게 전달하는 능력입니다. 현대 사회는 정보가 넘치고 의견이 다양한 만큼, 논리력이 있어야 자신의 주장을 명확히 하고 타인의 생각과 비교·분석하며 대화할 수 있습니다.

학생들이 디카시를 쓰면, 사진 속 장면에서 떠오른 감정을 어떻게 시 속에 담을지 순서를 세워야 합니다. 장면을 먼저 묘사할지, 감정을 먼저 드러낼지, 결론을 어떻게 맺을지를 고민하며 구조를 잡습니다. 이러한 과정에서 글의 흐름과 연결성을 고려하는 습관이 길러집니다.

또한 짧은 시 속에서 불필요한 표현을 덜어내고 핵심 메시지를 남기는 과정은, 주장과 근거를 선별하는 논리적 선택과 집중의 훈련이 됩니다. 이렇게 길러진 논리력은 글쓰기뿐 아니라 토론, 발표, 문제 해결에서도 강력한 무기가 됩니다. 디카시 쓰기는 학생들에게 생각을 질서 있게 세우고 전달하는 살아 있는 논리력 교육이 됩니다.

◆ 문해력 향상

문해력은 글과 말을 정확히 이해하고, 그 의미를 파악하여 상황에 맞게 활용하는 힘입니다. 쉽게 말해, 읽고 듣고 이해한 것을 자기의 생각과 행동으로 옮길 수 있는 능력입니다. 현대 사회는 정보의 양이 방대

하고, 새로운 정보의 생성 속도가 빠르기에, 문해력이 있어야 올바른 판단과 효과적인 소통이 가능합니다. 문해력이 부족하면 중요한 정보를 놓치거나 왜곡해 받아들이기 쉽습니다.

학생들이 디카시를 쓰면, 사진 속 장면을 표현하기 위해 상황에 맞는 어휘와 문장을 선택해야 합니다. 짧은 시 안에서 의미를 함축하려면 단어의 정확한 뜻과 맥락을 이해하는 능력이 필수입니다. 이 과정에서 자연스럽게 어휘력과 문장 해석력이 함께 향상됩니다.

또한 친구들의 작품을 읽으며 숨은 의미를 찾고, 시어와 이미지의 관계를 해석하는 훈련을 하게 됩니다. 이는 단순한 읽기를 넘어 비판적·창의적 읽기 능력을 기르게 합니다. 작품을 나누고 감상을 표현하는 과정에서도, 이해한 내용을 말이나 글로 정확히 전달하는 힘이 길러집니다.

이렇게 함양된 문해력은 학습 전반과 사회생활에 두루 쓰입니다. 디카시 쓰기는 학생들에게 읽고 이해하며 표현하는 살아 있는 문해력 교육이 됩니다.

◆ 분별력 향상

분별력은 여러 정보와 상황 속에서 옳고 그름, 중요함과 덜 중요함을 가려내는 힘입니다. 쉽게 말해, 무엇을 선택하고 무엇을 버릴지 판단하는 능력입니다. 현대 사회는 정보가 넘쳐나고 가짜 정보가 많은 만큼,

분별력이 있어야 바른 선택을 하고 실수와 실패를 줄일 수 있습니다. 분별력은 학업, 인간관계, 진로 결정 등 삶의 모든 영역에서 핵심이 됩니다.

학생들이 디카시를 쓰면, 사진 속에서 어떤 요소를 중심에 두고 표현할지 선택합니다. 장면의 본질을 드러내는 부분과 불필요한 부분을 구별하는 과정이 곧 분별력의 훈련입니다. 시어를 고를 때도 감정을 가장 잘 전달하는 단어를 남기고, 어울리지 않거나 과한 표현은 과감히 덜어냅니다.

또한 친구들의 작품을 읽으며 장점과 개선점을 판단하고, 피드백을 주고받는 경험은 분별력을 더 단단하게 합니다. 작품을 완성하는 과정에서 여러 차례 수정·보완하며 스스로 선택을 점검하는 것도 중요한 훈련이 됩니다.

이렇게 길러진 분별력은 글쓰기뿐 아니라 일상 속 의사결정과 문제 해결에도 큰 힘이 됩니다. 디카시 쓰기는 학생들에게 본질을 보고 선택하는 눈을 길러주는 살아 있는 분별력 교육이 됩니다.

◆ 비판력 향상

비판력은 대상을 올바르게 평가하여 장점과 한계를 구분하고, 잘된 점은 살리고 부족한 점은 개선하는 힘입니다. 쉽게 말해, 무조건 칭찬하거나 비난하는 것이 아니라, 근거를 갖고 판단하는 능력입니다. 현대

  최우창의 디카시 창작 노트

사회는 정보와 의견이 넘쳐나기 때문에, 비판력이 있어야 사실과 거짓, 가치 있는 것과 그렇지 않은 것을 구별할 수 있습니다. 이는 학문, 직업, 인간관계 모두에서 중요한 역량입니다.

학생들이 디카시를 쓰면, 자기의 작품을 여러 번 돌아보며 표현이 적절한지, 메시지가 분명한지, 사진과 시가 잘 어울리는지를 점검하게 됩니다. 불필요한 표현을 덜어내고 핵심을 살리는 과정에서 자기비판의 습관이 생깁니다.

또한 친구들의 작품을 감상할 때, 좋은 점은 이유를 들어 칭찬하고, 아쉬운 점은 구체적인 근거를 들어 제안하는 훈련을 합니다. 이런 경험은 감정적인 반응 대신 논리적이고 균형 잡힌 판단을 가능하게 합니다.

이렇게 길러진 비판력은 글쓰기뿐 아니라 토론, 의사결정, 미디어 분석에도 활용됩니다. 디카시 쓰기는 학생들에게 근거와 균형을 바탕으로 판단하는 살아 있는 비판력 교육이 됩니다.

◈ 사고력 향상

사고력은 사물이나 현상을 이해하고, 그 관계를 분석하며, 새로운 결론을 끌어내는 힘입니다. 쉽게 말해, 주어진 것을 단순히 받아들이는 것이 아니라, 스스로 생각을 만들어내는 능력입니다. 현대 사회는 변화가 빠르고 정보가 복잡해, 사고력이 있어야 상황을 정확히 이해하고 창의적인 해결책을 찾을 수 있습니다.

학생들이 디카시를 쓰면, 사진 속 장면을 보고 단순한 묘사가 아닌 의미를 찾아내야 합니다. '왜 이 장면이 나에게 특별한가?', '이 상황이 주는 메시지는 무엇인가?'와 같은 질문을 스스로 던지게 됩니다. 이러한 질문은 생각을 넓고 깊게 만듭니다.

또한 시어를 선택하고 배치하는 과정에서 논리적 연결과 감성적 울림을 동시에 고려해야 하므로, 복합적인 사고가 필요합니다. 친구들의 작품을 감상하며 전혀 다른 해석을 비교·분석하는 경험은 다각도 사고를 길러줍니다.

이렇게 길러진 사고력은 학문, 사회생활, 문제 해결 등 모든 영역에서 핵심 역량이 됩니다. 디카시 쓰기는 학생들에게 생각을 확장하고 깊이 있는 결론을 도출하는 살아 있는 사고력 교육이 됩니다. 논리적 사고력, 융합적 사고력의 함양에 디카시 쓰기는 도움이 됩니다.

◆ 상상력 향상

상상력은 눈앞의 현실을 넘어, 보이지 않는 세계를 그려내고 새로운 가능성을 만들어내는 힘입니다. 쉽게 말해, 지금 없는 것을 머릿속에서 미리 그려보고, 그것을 살아 있는 것처럼 표현하는 능력입니다. 현대 사회는 창의와 혁신이 중요한 시대이기에, 상상력은 예술뿐 아니라 과학, 기술, 비즈니스 등 모든 분야에서 필수 역량입니다.

학생들이 디카시를 쓰면, 사진 속 장면을 단순히 묘사하는 데 그치

          최우창의 디카시 창작 노트

지 않고 그 안에서 새로운 이야기를 만들어냅니다. 예를 들어, 해 질 녘 나무 그림자 속에서 한 가족의 하루를 상상하거나, 비 내리는 창가에 얽힌 누군가의 추억을 떠올립니다. 현실의 장면에 상상의 색을 입히는 과정에서 사고의 폭이 넓어집니다.

또한 시어를 고르고 배치하며, 평범한 사물에 특별한 의미를 부여하는 훈련을 하게 됩니다. 친구들의 작품 속 전혀 다른 상상 세계를 접하며, 자신만의 상상력도 확장됩니다.

이렇게 길러진 상상력은 학습, 창작, 문제 해결, 미래 설계 등 삶 전반에 걸쳐 힘을 발휘합니다. 디카시 쓰기는 학생들에게 현실을 넘어 새로운 세상을 창조하는 살아 있는 상상력 교육이 됩니다.

◆ 소통력 향상

소통력은 자기의 생각과 감정을 정확하고 효과적으로 전달하며, 동시에 상대의 말과 마음을 이해하는 힘입니다. 쉽게 말해, 말하고 듣는 양방향의 대화를 잘 이끄는 능력입니다. 현대 사회는 협력과 네트워크가 필수이기에, 소통력이 있어야 관계를 유지하고 갈등을 줄이며 더 나은 결과를 만들 수 있습니다.

학생들이 디카시를 쓰면, 사진 속 장면과 자신의 감정을 짧은 시 속에 함축적으로 담아내야 합니다. 이 과정에서 '내가 하고 싶은 말'을 넘어 '상대가 이해할 수 있는 말'을 고민하게 됩니다. 시어 선택, 문장 구성, 이미지와의 조화를 통해 메시지를 명확히 하는 훈련이 이루어집니다.

또한 작품을 친구들과 나누고 감상을 주고받으며, 자신의 의도를 설명하고 상대의 해석을 경청하는 경험을 하게 됩니다. 서로 다른 해석 속에서 의미를 조율하는 과정은 곧 소통력의 실전 연습입니다. 이런 훈련은 글쓰기뿐 아니라 토론, 발표, 협업 상황에서도 큰 힘을 발휘합니다. 디카시 쓰기는 학생들에게 마음과 마음을 잇는 살아 있는 소통력 교육이 됩니다. 뭐든지 불통(서로 통하지 아니함, 두절, 차단)은 애통과 고통을 동반합니다.

◆ 어휘력 향상

어휘력은 상황과 감정, 생각을 정확하고 풍부하게 표현할 수 있는 단어를 알고 활용하는 힘입니다. 쉽게 말해, 하고 싶은 말을 가장 알맞은 단어로 전달하는 능력입니다. 현대 사회에서는 의사소통, 학습, 창작, 협업 등 모든 영역에서 어휘력이 있어야 생각이 명확해지고 설득력 있는 표현이 가능합니다. 어휘력이 부족하면 전달하고자 하는 의미가 왜곡되거나 흐려질 수 있습니다.

학생들이 디카시를 쓰면, 사진 속 장면과 어울리는 시어를 찾기 위해 다양한 단어를 탐색하게 됩니다. 같은 의미라도 미묘하게 다른 뉘앙스를 가진 단어 중에서 가장 적절한 것을 선택하는 과정이 어휘력 훈련입니다. 시의 함축성과 압축성을 살리기 위해 단어 하나하나를 세심하게 고르게 됩니다.

또한 친구들의 작품을 읽으며 자신이 몰랐던 표현이나 참신한 시어를 배우게 됩니다. 이를 자기의 작품에 적용해 보며 어휘의 폭이 넓어집니다. 이렇게 길러진 어휘력은 글쓰기뿐 아니라 말하기, 읽기, 듣기 등 모든 언어 활동에 긍정적인 영향을 줍니다. 디카시 쓰기는 학생들에게 단어의 힘을 깨닫고 활용하는 살아 있는 어휘력 교육이 됩니다.

한국어 어휘력은 모든 교과 공부의 바탕이고 수단(도구)이 됩니다. 국어는 모든 교과의 문을 여는 열쇠이지요. 더 나은 도구를 가진 사람은 힘은 덜 들이고 더 많은 결과를 얻을 수 있습니다.

◆ 연결력 향상

연결력은 서로 다른 생각, 사물, 경험을 이어 새로운 의미나 가치를 만들어내는 힘입니다. 쉽게 말해, 점과 점을 선으로 이어 더 큰 그림을 완성하는 능력입니다. 현대 사회는 다양한 분야와 사람, 문화가 얽혀 있어, 연결력이 있어야 협업이 가능하고 창의적인 결과를 만들어낼 수 있습니다. 창의는 서로 다른 것의 연결에서 나옵니다.

학생들이 디카시를 쓰면, 사진 속 장면과 자기의 경험, 감정을 연결하는 훈련을 하게 됩니다. 한 장의 사진이 과거의 추억, 현재의 느낌, 미래의 바람과 이어지면서 작품에 깊이가 더해집니다. 또한 시어를 고르고 배치하는 과정에서 이미지와 감정, 소리와 색채를 조화롭게 연결하는 감각이 길러집니다.

이렇게 길러진 연결력은 학습과 예술뿐 아니라 인간관계, 사회생활, 문제 해결에도 그대로 적용됩니다. 디카시 쓰기는 학생들에게 서로 다른 세계를 이어 새로운 가치를 만드는 살아 있는 연결력 교육이 됩니다. 스티브 잡스의 아이폰은 인문학과 기술(공학)이라는 연결의 결과물이라고 합니다.

◆ 예지력 향상

예지력은 현재 상황과 흐름을 토대로 앞으로 일어날 일을 미리 짐작하고 대비하는 힘입니다. 쉽게 말해, '앞을 내다보는 눈'입니다. 현대 사회는 변화 속도가 빠르고 변수가 많아, 예지력이 있어야 위험을 피하고 기회를 잡을 수 있습니다. 이는 학업, 진로, 인간관계, 사회생활 모두에게 중요한 역량입니다.

학생들이 디카시를 쓰면, 사진 속 현재의 장면에서 미래의 변화를 상상하는 훈련을 하게 됩니다. 피어난 꽃을 보고 곧 시들 순간을 예감하거나, 맑은 하늘에서 다가올 비를 떠올리는 것이 그 예입니다. 이러한 상상은 단순한 감정 표현을 넘어, 변화의 전조를 읽어내는 관찰과 분석의 결과입니다.

이렇게 길러진 예지력은 학습 계획, 문제 해결, 삶의 전략에도 직접적인 도움이 됩니다. 디카시 쓰기는 학생들에게 현재를 읽고 미래를 준비하는 살아 있는 예지력 교육이 됩니다.

◆ 설득력 향상

설득력은 나의 생각이나 주장을 다른 사람이 자연스럽게 받아들이게 만드는 힘입니다. 단순히 말을 잘하는 것이 아니라, 논리와 근거, 감정을 함께 담아 전달하는 능력입니다. 현대 사회는 정보가 넘쳐나기 때문에, 설득력이 있어야 자기의 생각을 효과적으로 전하고 뜻을 이룰 수 있습니다.

학생들이 디카시를 쓰면, 짧은 시어 안에 독자의 마음을 움직일 핵심 메시지를 담는 훈련을 합니다. 한 장의 사진과 몇 줄의 글로 감정을 전하려면, 불필요한 말을 덜어내고 필요한 메시지를 선명하게 남겨야 합니다. 이 과정에서 말의 순서, 단어의 선택, 감정의 온도를 조절하는 힘이 길러집니다.

또한 친구들 앞에서 작품을 소개하거나 해석을 나누면서, '왜 이렇게 표현했는지' 근거를 설명하는 연습을 하게 됩니다. 이는 타인의 시선을 이해하고, 상대방이 공감할 수 있도록 내용을 다듬는 설득의 과정입니다. 디카시 쓰기는 학생들에게 감성과 논리를 함께 담아, 마음을 움직이는 설득력을 키워주는 살아 있는 글쓰기 훈련입니다.

◆ 유추력 향상

유추력은 이미 알고 있는 사실이나 경험을 바탕으로, 아직 보지 못한 상황이나 결론을 미루어 짐작하는 능력입니다. 쉽게 말해, 단서와 힌트를 가지고 답을 찾아내는 힘입니다. 현대 사회는 변화가 빠르고, 정답이 많지 않은 문제들이 많기에, 유추력이 있어야 상황을 빠르게 파악하고 대응할 수 있습니다.

디카시 쓰기는 사진 속 장면이 가진 숨은 의미를 찾아내는 과정입니다. 단순히 보이는 것을 적는 것이 아니라, 그 장면이 담고 있는 시간·공간·감정을 연결해 보이지 않는 이야기를 짐작해야 합니다. 예를 들어, 빗방울이 맺힌 창문 사진을 보고 '밖은 비가 온다'에서 멈추지 않고, '그 비를 바라보는 누군가의 마음'을 상상하는 것이 바로 유추입니다.

학생들이 이런 훈련을 반복하면, 눈앞의 단서에서 더 깊은 뜻을 끌어내는 힘이 길러집니다. 교과 학습에서도 배운 개념을 새로운 문제에 적용하는 능력이 강해집니다. 디카시는 단순한 시 쓰기가 아니라, 보이지 않는 것을 그려내는 유추력을 키우는 살아 있는 사고 훈련입니다.

◆ 의미력 향상

의미력은 사물이나 사건, 말 속에 담긴 뜻을 깊이 이해하고, 그 속에서 가치를 찾아내는 힘입니다. 겉모습에만 머물지 않고, 왜 그것이 중요한지, 어떤 메시지를 담고 있는지를 읽어내는 능력입니다. 현대 사회는 정보가 넘쳐나지만, 그 안에서 '진짜 의미'를 가려내는 힘이 없으면 흔들리기 쉽습니다. 역사 공부의 주요한 목적 가운데 하나는, 역사적 의의(의미, 가치) 파악이지요. 의미 갖기입니다. 우리의 삶도 마찬가지고요. 내 삶의 의미는 알고 사는 사람은 그렇지 않은 사람과 사뭇 다릅니다.

  최우창의 디카시 창작 노트

디카시 쓰기는 의미력을 키우는 좋은 훈련입니다. 사진 한 장은 단순한 이미지가 아니라, 시간과 장소, 감정과 상황이 겹겹이 쌓인 의미의 집합입니다. 학생이 디카시를 쓸 때, 그 장면의 표면만 묘사하는 것이 아니라, '왜 이 장면이 나를 멈추게 했는가?', '이 안에 담긴 이야기는 무엇인가?'를 스스로 묻고 답하게 됩니다.

이 과정에서 학생은 사물을 바라보는 눈이 달라집니다. 같은 풍경 속에서도 다른 사람은 보지 못한 메시지를 찾아내고, 그 의미를 글로 표현할 수 있게 됩니다. 디카시 쓰기는 학생들에게 세상을 더 깊이, 더 진실하게 이해하는 힘, 즉 의미력을 길러주는 살아 있는 교육입니다.

◆ 이해력 향상

이해력은 단순히 글자를 읽는 능력이 아니라, 그 속에 담긴 뜻과 맥락을 정확히 파악하는 힘입니다. 상황을 종합적으로 살펴보고, 말이나 글, 장면의 의도를 제대로 알아차리는 능력이지요. 현대 사회에서는 복잡한 정보와 빠른 변화 속에서, 정확히 이해하는 힘이 없으면 오해와 혼란에 쉽게 빠집니다.

디카시 쓰기는 이해력을 키우는 데 탁월한 방법입니다. 사진을 보고 시를 쓸 때, 학생은 눈에 보이는 대상을 그대로 옮기지 않습니다. 사진 속 배경, 인물의 표정, 빛과 그림자의 분위기까지 읽어내야 하고, 그것이 전하는 메시지를 자신의 언어로 재구성해야 합니다. 이 과정에서 '겉모습 → 의미 → 맥락'으로 이어지는 이해의 단계를 자연스럽게 거칩니다.

이 훈련이 쌓이면, 학생은 교과서 속 글도, 뉴스 속 기사도, 사람의 말도 더 깊이 이해할 수 있게 됩니다. 디카시는 단순한 창작이 아니라, 세상을 읽고 해석하는 힘, 곧 이해력을 키워주는 살아 있는 수업입니다.

◆ 자유력 향상

자유력은 주어진 틀과 규칙 안에서도 자기 생각을 주체적으로 펼치는 힘입니다. 하고 싶은 말을 표현하되, 타인의 권리와 질서를 해치지 않는 범위에서 스스로 선택하고 결정하는 능력이죠. 현대 사회에서는 이러한 자유력이 있어야 창의적으로 문제를 해결하고, 다른 사람과 조화를 이루며 살아갈 수 있습니다.

디카시 쓰기는 자유력을 키우는 좋은 훈련장이 됩니다. 사진 한 장 앞에서 학생은 무엇을 보고, 무엇을 느끼고, 무엇을 표현할지 스스로 결정합니다. 시어를 고를 때도 정해진 답은 없습니다. '정답'이 아니라 '나답게' 쓰는 것이 중요한 과정이므로, 학생은 자기 선택에 책임을 지는 법을 배우게 됩니다.

또한 디카시는 짧지만, 형식에 덜 구애받기 때문에, 학생은 자유롭게 주제와 표현 방식을 실험할 수 있습니다. 이런 경험이 쌓이면, 주어진 상황 속에서도 자기 목소리를 지키는 힘, 곧 자유력이 단단해집니다. 결국 디카시는 학생에게 생각과 표현의 날개를 달아주는 수업이 됩니다. 창작과 창의는 틀에 갇히면 말라버리고 자유로움 속에서 비로소 숨을 쉽니다. 자유는 창의의 토양입니다.

 최우창의 디카시 창작 노트

◆ 직관력 향상

직관력은 머릿속으로 오래 계산하지 않아도, 상황을 한눈에 파악하고 본질을 꿰뚫는 힘입니다. 단번에 '아, 이거구나' 하고 감을 잡는 능력이죠. 현대 사회에서는 정보가 넘치기에, 무엇이 중요한지 빠르게 알아차리는 직관력이 있어야 올바른 선택과 결정을 할 수 있습니다. 생존은 직관력과 크게 연관되어 있습니다.

디카시 쓰기는 직관력을 기르는 좋은 훈련이 됩니다. 사진 한 장을 마주했을 때, 학생은 복잡하게 분석하기 전에 먼저 마음이 반응합니다. 그 순간 떠오른 이미지나 감정을 잡아내고, 짧은 시어로 표현하는 과정이 바로 직관의 작동입니다.

또한 디카시는 짧은 글 안에 핵심을 담아야 하기에, 불필요한 것을 버리고 본질을 잡아내는 훈련이 반복됩니다. 이런 경험이 쌓이면, 학생은 일상에서도 중요한 것과 사소한 것을 빠르게 구분하고, 순간적으로 창의적인 아이디어를 낼 수 있습니다. 결국 디카시는 직관력을 날카롭게 다듬어주는 수업이 됩니다.

디카시 쓰기는 사진의 순간을 바라보며 그 안에서 바로 느껴지는 핵심을 붙잡는 훈련이 됩니다. 보이는 것 너머의 의미를 한순간에 포착하려는 마음이 쌓일수록 직관력은 더욱 또렷해집니다. 직관은 멀리에서 오는 것이 아니라, 눈앞의 작은 장면을 깊이 있게 바라보는 데서 생겨납니다.

◆ 진실력 향상

진실력은 사실을 왜곡하지 않고, 있는 그대로를 보고 말할 수 있는 능력입니다. 듣기 좋은 말이나 꾸며낸 이야기가 아니라, 사실과 진실에 뿌리를 둔 판단과 표현을 할 수 있는 능력이죠. 현대 사회에서는 가짜 뉴스와 왜곡된 정보가 넘쳐나기에, 진실력을 갖춘 사람이 더욱 필요합니다.

디카시 쓰기는 진실력을 기르는 훌륭한 도구가 됩니다. 사진은 거짓말을 하지 않습니다. 학생이 직접 보고 찍은 장면에서 출발하기 때문에, 그 순간의 사실을 존중하며 글을 쓰게 됩니다. 사진 속에 없는 것을 억지로 꾸미기보다, 그 안에서 발견한 진짜 이야기를 찾아내야 좋은 디카시가 완성됩니다.

이 과정에서 학생은 '보이는 대로'와 '있는 그대로'를 구분하는 눈을 기르고, 꾸밈없이도 감동을 주는 표현 방식을 배웁니다. 이런 훈련이 쌓이면, 학생은 일상에서도 사실과 진실을 분별하고, 올바른 목소리를 낼 수 있는 힘을 얻게 됩니다. 결국 디카시는 진실력을 키워주는 삶의 연습장이 됩니다.

◆ 창의력 향상

창의력은 남들이 보지 못한 것을 보고, 없던 것을 새롭게 만들어내는 힘입니다. 단순히 '생각이 많은 것'이 아니라, 기존의 생각을 새롭게 조합하거나 완전히 다른 시각으로 바꾸어 보는 능력이죠. 현대 사회는 빠르게 변하고, 정답이 하나로 고정되지 않기에 창의력은 생존력과 직결됩니다.

디카시 쓰기는 한 장의 사진에서 새로운 의미를 찾아내는 과정이기 때문에, 학생의 생각을 넓히는 가장 간단하고도 강력한 창의 훈련이 됩니다. 사진 속에서 남들이 보지 못한 부분을 발견하려는 순간, 사고가 자연스럽게 틀을 벗어나기 때문입니다. 짧은 문장 안에 감정과 사유를 담아내려 하면 표현의 방식도 새롭게 찾게 되고, 이것이 곧 창의력의 씨앗이 됩니다.

현실을 그대로 적는 것이 아니라, 현실 너머의 의미를 스스로 만들어내는 경험이 반복되면서 창의력이 단단해집니다. 결국 디카시는 '보는 힘'과 '새롭게 조합하는 힘'을 동시에 깨우는, 가장 쉽고도 확실한 창의력 향상의 훈련이 됩니다.

◆ 창발력(創發力) 향상

창발력은 여러 요소가 만나고 연결되면서, 개별 요소로는 상상할 수 없던 새로운 결과나 아이디어가 생겨나는 힘입니다. 쉽게 말해, 각 부품이 모여 기계가 되고, 각 음이 모여 음악이 되는 것처럼, 서로 다른 생각과 경험이 결합해 전혀 새로운 창조물이 나오는 능력입니다. 이는 단순한 창의력보다 한 단계 확장된 개념으로, '부분의 합'을 넘어 '합 이상의 결과'를 만들어냅니다.

학생들이 디카시를 쓰면, 사진이라는 시각적 요소와 시라는 언어적 요소가 만나 완전히 새로운 예술 작품이 탄생합니다. 사진 속 현실과 시 속 상상, 관찰과 감정이 뒤섞이며 예상치 못한 울림을 만들어냅니다. 같은 사진이라도 학생마다 전혀 다른 디카시가 나오는 이유가 바로 창발력입니다. 글을 쓰는 과정에서 다양한 경험과 배운 지식을 자연스럽게 불러와 결합하기 때문에, 작품 하나가 '나만의 결과물'이 됩니다.

친구들의 작품을 보고 대화를 나누는 과정에서도 창발력은 확장됩니다. 서로 다른 해석과 시어가 교차하며, 또 다른 아이디어가 떠오르기 때문입니다. 이런 경험은 예술 영역에만 그치지 않고, 학문과 생활 속 문제 해결에도 그대로 적용됩니다. 학교에서의 디카시 교육은 학생들에게 단순한 표현 훈련이 아니라, 요소와 요소를 결합해 새로운 가치를 만드는 살아 있는 창발력 교육장이 됩니다.

◆ 통찰력 향상

통찰력은 겉으로 드러난 현상 너머의 본질과 숨은 의미를 꿰뚫어 보는 힘입니다. 학생들이 디카시를 쓰면, 사진 속 장면을 단순히 보는 데서 그치지 않고 그 안에 담긴 삶의 이야기와 상징을 찾게 됩니다. 꽃 한 송이에서도 계절의 흐름, 인간의 마음, 자연의 이치를 읽어내는 훈련이 됩니다. 짧은 시 속에 깊은 뜻을 담으려면 순간의 감정과 대상의 본질을 연결하는 시선이 필요합니다.

   최우창의 디카시 창작 노트

친구들의 작품을 감상하며 서로 다른 해석 속에서 새로운 깨달음을 얻는 것도 통찰력을 키우는 과정입니다. 이렇게 길러진 통찰력은 학습과 인간관계, 삶의 선택에서도 큰 힘이 됩니다. 디카시 쓰기는 학생들에게 사물과 세상을 깊이 이해하게 하는 살아 있는 통찰력 교육이 됩니다.

표현력은 마음속의 생각과 감정을 말과 글, 이미지, 행동 등 다양한 방식으로 정확하고 생생하게 드러내는 힘입니다. 단순히 아는 것을 말하는 것이 아니라, 듣는 이와 보는 이가 공감하고 이해할 수 있도록 전달하는 능력입니다.

현재의 삶에서 표현력은 대인관계와 학습, 사회생활 전반에서 필수적입니다. 자기 생각을 정확하게 전달하지 못하면 오해가 생기고, 설득과 협력이 어려워집니다. 미래의 사회는 더 다양하고 복잡해질수록, 사람과 사람을 잇는 '전달의 질'이 경쟁력이 됩니다.

학생들이 디카시를 쓰면, 사진 속 장면과 자신이 느낀 감정을 짧지만 울림 있는 시어로 담아야 합니다. 같은 감정을 표현하더라도 어떤 단어를 쓰고 어떤 어순으로 배치하느냐에 따라 전혀 다른 분위기와 힘을 가집니다.

이 과정에서 학생들은 단어의 뉘앙스, 문장의 리듬, 이미지와 어울림을 세심하게 다듬게 됩니다. 친구들의 작품을 감상하며 서로의 표현 방식을 배우고, 자기 표현의 한계를 넓혀가는 경험도 얻게 됩니다.

표현력은 단순히 언어적 능력에 그치지 않고, 감정과 사고를 조율하는 힘이기도 합니다. 잘 표현하는 사람은 자신을 더 깊이 이해하게 되고, 타인과의 관계에서도 더 건강한 소통을 이끌어냅니다. 디카시 쓰기는 학생들에게 언어와 감각, 감정을 조화롭게 묶어내는 살아 있는 표현력 교육이 됩니다.

◆ 해석력 향상

해석력은 눈에 보이거나 들리는 내용을 단순히 받아들이는 것을 넘어, 그 속에 담긴 의미와 맥락을 정확히 풀어내는 힘입니다. 학생들이 디카시를 쓰면, 사진 속 장면이 전하는 메시지를 자기만의 시각으로 읽어내야 합니다.

꽃 한 송이도 단순한 식물이 아니라, 누군가의 추억이나 계절의 변화를 상징할 수 있습니다. 이처럼 겉모습과 함께 그 이면의 뜻을 찾아내는 과정이 해석력의 훈련이 됩니다. 시어를 선택할 때도 단어가 지닌 여러 의미 중 상황에 맞는 것을 골라내야 하므로 언어 감각이 깊어집니다.

친구들의 디카시를 감상하며 같은 사진을 전혀 다르게 해석한 사례를 접하면 시야가 넓어집니다. 이렇게 기른 해석력은 문학뿐 아니라 역사, 사회, 과학 등 모든 교과 학습에도 도움이 됩니다. 디카시 쓰기는 학생들에게 보이는 것 너머를 읽어내는 살아 있는 해석력 교육이 됩니다.

◆ 행복력 향상

행복력은 스스로 행복을 발견하고, 그 행복을 오래 느끼며, 더 크게 키워가는 힘입니다. 단순히 좋은 일이 생겼을 때 순간적으로 웃는 것이 아니라, 평범한 하루 속에서도 감사할 이유와 기쁨의 순간을 찾아내는 능력입니다. 이 힘이 있으면 환경이 조금 불편하거나 상황이 어렵더라도 마음의 균형을 유지할 수 있습니다.

학생들이 디카시를 쓰면, 눈앞의 장면을 유심히 보고 그 속에서 아름다움과 의미를 발견하게 됩니다. 아침 햇살이 창문에 스며드는 순간, 운동장에서 뛰노는 친구들의 웃음소리, 길가에 핀 작은 꽃 한 송이도 작품의 주제가 됩니다. 이런 경험은 학생들에게 행복이 멀리 있지 않고, 내가 바라보는 시선 속에 있다는 사실을 깨닫게 합니다.

또한 작품을 친구들과 나누며 서로의 행복한 순간을 공감하는 과정에서, 행복감은 배가됩니다. 친구의 시를 통해 내가 미처 보지 못한 행복의 풍경을 발견하기도 합니다. 이렇게 길러진 행복력은 스트레스나 어려운 상황에서도 긍정적인 마음을 유지하게 돕습니다. 디카시 쓰기는 학생들에게 일상 속에서 스스로 행복을 찾아 누리는 살아 있는 행복력 교육이 됩니다.

◆ 메타인지력(Meta-cognition) 향상

메타인지력은 '생각을 바라보는 생각'입니다. 쉽게 말해, 내가 무엇을 알고 무엇을 모르는지, 그리고 지금 어떻게 생각하고 있는지를 스스로 아는 힘입니다. 현대 사회는 정보가 넘치고 변화 속도가 빨라, 단순히 많이 아는 것보다 자기의 한계를 인식하고 학습 방법을 조정하는 능력이 중요합니다. 메타인지력이 높을수록 학습 효율이 올라가고, 문제 해결 과정도 더 현명해집니다.

학생들이 디카시를 쓰면, 사진을 보고 떠오르는 생각을 글로 옮기는 과정에서 '내가 무엇을 표현하고 싶은가?', '이 표현이 내 의도와 맞는가?'를 끊임없이 점검하게 됩니다. 시어를 고르고 문장을 다듬는 동안, 자신의 선택이 적절한지 스스로 평가하는 습관이 형성됩니다.

또한 친구들의 작품을 읽고 해석하며, '왜 나는 다르게 보았을까?', '내 생각이 틀렸을 가능성은 없을까?'를 묻게 됩니다. 이런 자기 성찰은 곧 메타인지력의 훈련입니다. 작품을 완성하고 나서도 '이 시가 독자에게 어떻게 읽힐까?'를 예측하며 수정하는 과정은 사고의 깊이를 더합니다. 디카시 쓰기는 학생들에게 자기 생각을 인식·점검·조정하는 살아 있는 메타인지력 교육이 됩니다.

◆ 문제해결력 향상

문제해결력은 어려움이나 장애가 생겼을 때, 상황을 분석하고 가장 알맞은 방법을 찾아 해결하는 힘입니다. 쉽게 말해, 문제 앞에서 멈추지 않고 길을 찾는 능력입니다. 현대 사회는 변화가 빠르고 복잡성이 높아, 예상치 못한 문제가 언제든 나타날 수 있습니다. 그래서 문제해결력은 학습, 직업, 인간관계 등 모든 영역에서 중요한 생존 기술이 되었습니다.

학생들이 디카시를 쓰면, 사진 속 장면을 어떻게 표현할지 끊임없이 선택하고 조율해야 합니다. '이 장면을 어떤 시어로 담을까?', '의도한 감정이 제대로 전해질까?'와 같은 작은 문제들이 계속 등장합니다. 이를 해결하기 위해 시어를 바꾸거나 구성을 수정하며, 여러 시도를 해보게 됩니다.

이렇게 길러진 문제해결력은 학업뿐 아니라 실제 생활 속 다양한 상황에 그대로 적용됩니다. 디카시 쓰기는 학생들에게 창의적이고 유연하게 길을 찾는 살아 있는 문제해결력 교육이 됩니다.

◆ 문화력 향상

문화력은 다양한 문화와 전통, 예술과 가치관을 이해하고 존중하며, 이를 자기의 삶 속에서 향유하고 표현하는 힘입니다. 쉽게 말해, 세상 속 여러 문화의 색깔을 알아보고, 그 아름다움과 의미를 받아들일 수 있는 능력입니다. 현대 사회는 세계가 긴밀히 연결되어 있어, 문화력을 갖춘 사람일수록 소통이 원활하고 시야가 넓어집니다. 문화력은 현대와 미래 사회에 살아가는 중요한 능력입니다.

학생들이 디카시를 쓰면, 사진 속 장면을 통해 자신이 속한 지역과 시대의 문화적 요소를 발견하게 됩니다. 전통시장, 농촌 풍경, 지역 축제, 계절의 변화 등은 모두 문화의 일부입니다. 이를 시로 표현하는 과정에서, 학생들은 자신의 문화적 뿌리를 더 깊이 이해하게 됩니다.

또한 친구들의 작품 속에서 다른 지역, 다른 배경의 문화적 감수성을 접하게 됩니다. 이를 통해 차이를 배척하는 대신, 그 안에서 배움과 영감을 얻는 태도가 형성됩니다. 디카시의 짧은 글과 사진은 세대와 문화를 잇는 다리가 되어, 서로의 이야기를 나누게 합니다.

이렇게 길러진 문화력은 미래 사회에서 다양성과 포용성을 실천하는 기반이 됩니다. 디카시 쓰기는 학생들에게 자신의 문화를 사랑하고 타인의 문화를 존중하는 살아 있는 문화력 교육이 됩니다.

◆ 변화력 향상

변화력은 새로운 상황이나 환경에 맞게 자신의 생각과 행동을 유연하게 바꾸는 힘입니다. 쉽게 말해, 낯선 물결이 밀려와도 방향을 조절하며 앞으로 나아가는 능력입니다. 현대 사회는 기술, 문화, 경제, 기후까지 모든 것이 빠르게 변합니다. 변화력이 있어야 우리는 뒤처지지 않고, 새로운 기회를 잡을 수 있습니다.

학생들이 디카시를 쓰면, 매번 다른 사진과 상황 속에서 새로운 표현 방법을 찾아야 합니다. 같은 주제라도 시어를 바꾸고, 구성을 달리하며, 자신의 감정을 새롭게 담는 훈련을 하게 됩니다. 이 과정에서 익숙한 틀을 깨고 새로운 시도를 두려워하지 않는 태도가 길러집니다.

또한 친구들의 작품을 보며 자신과 전혀 다른 시각과 표현을 받아들이고, 이를 통해 자기의 작품을 변화시키는 경험도 합니다. 때로는 피드백을 반영하여 시를 수정하면서, 변화를 긍정적으로 받아들이는 힘이 자랍니다.

이렇게 기른 변화력은 학업, 인간관계, 미래 진로까지 폭넓게 적용됩니다. 디카시 쓰기는 학생들에게 변화를 두려움이 아닌 성장의 발판으로 삼는 살아 있는 변화력 교육이 됩니다.

◆ 사실력 향상

사실력은 보거나 들은 내용을 꾸밈없이, 있는 그대로 정확하게 파악하고 전달하는 힘입니다. 쉽게 말해, 사실을 사실대로 보고 말할 수 있는 능력입니다. 현대 사회는 가짜 뉴스, 왜곡된 정보, 과장된 표현이 넘쳐나기 때문에, 사실력은 올바른 판단과 신뢰를 지키는 기본이 됩니다.

학생들이 디카시를 쓰면, 사진 속 장면을 관찰하고 그 특징을 정확하게 표현해야 합니다. 꽃의 색, 하늘의 빛깔, 사물의 형태와 위치 같은 구체적인 요소를 세심하게 살피는 훈련이 이루어집니다. 사실에 기반한 묘사가 있어야, 그 위에 감정과 상상이 얹혀도 독자가 신뢰할 수 있는 작품이 됩니다.

또한 친구들의 작품을 감상하며, 어떤 표현이 사실에 충실하고 어떤 부분이 과장되었는지 구분하는 힘이 자랍니다. 작품을 수정하는 과정에서, 자신의 시가 실제와 얼마나 일치하는지도 점검하게 됩니다.

이렇게 길러진 사실력은 글쓰기뿐 아니라 학문 연구, 사회생활, 의사 결정에도 필수적인 역량입니다. 디카시 쓰기는 학생들에게 진실을 정확히 보고 전하는 살아 있는 사실력 교육이 됩니다.

◆ 시사력 향상

시사력은 현재 사회에서 일어나고 있는 사건과 흐름을 이해하고, 그 의미를 파악하며 올바르게 해석하는 힘입니다. 쉽게 말해, 세상의 움직임을 읽어내는 능력입니다. 현대 사회는 변화가 빠르고 정보가 넘쳐서, 시사력이 있어야 사실과 거짓을 구분하고 현상을 균형 있게 바라볼 수 있습니다. 시사력은 단순히 뉴스를 아는 것이 아니라, 그 배경과 영향을 함께 이해하는 힘입니다.

학생들이 디카시를 쓰면, 주변에서 일어나는 사회적 변화와 사건을 주제로 삼을 수 있습니다. 환경 문제, 기후 변화, 지역 사회의 모습, 문화 트렌드 등 다양한 시사적 요소가 사진과 시 속에 담깁니다. 이를 표현하는 과정에서 학생들은 단순한 정보가 아니라 그 속의 메시지와 의미를 깊이 생각하게 됩니다.

또한 친구들의 작품을 통해 같은 사건을 다른 시각에서 바라보는 경

     최우창의 디카시 창작 노트

험을 하며, 시사 문제를 여러 각도로 분석하는 힘이 자랍니다. 이런 훈련은 비판적 사고와 사회적 공감 능력을 동시에 길러줍니다. 디카시 쓰기는 학생들에게 세상의 변화를 민감하게 느끼고, 그 의미를 깊이 읽어내는 살아 있는 시사력 교육이 됩니다.

◆ 이야기력 향상

이야기력은 생각과 사건을 하나의 흐름으로 엮어, 듣는 사람이나 읽는 사람이 몰입하고 공감할 수 있게 전하는 힘입니다. 쉽게 말해, 마음을 사로잡는 이야기로 풀어내는 능력입니다. 현대 사회는 단순한 정보 전달보다, 그 정보를 어떤 이야기로 만들어내느냐가 설득과 공감의 핵심이 됩니다. 광고, 정치, 교육, 예술 등 모든 분야에서 이야기력은 중요한 경쟁력입니다.

'재미'는 자미(滋味. 불을 자, 맛 미. 맛이 불어남)에서 유래했습니다. 자미는 영양가 있고, 맛있는 음식을 말합니다. 자미는 재미의 본딧말이지요. '맛남'이라는 뜻도 '맛이 좋다, 재미있다.'라는 말이지요. 현대 사회에서 음식을 맛나게 하는 사람, 이야기를 맛나게 하는 사람은 인기가 많지요. 한마디로 '맛난 이야기'는 돈이 됩니다. 사람은 이야기를 좋아합니다. 특히 맛난 사람과 함께 맛난 음식을 함께 먹으며, 맛나게 이야기하는 것을 사랑합니다.

호모 나랜스(Homo Narrans)는 '이야기하는 인간'이라는 뜻이에요. 사람은 먹고 자는 존재이기도 하지만 무엇보다 이야기를 만들고, 들려주고,

공유하는 존재라서 인류학자와 언어학자들이 붙여준 이름이지요.

학생들이 디카시를 쓰면, 한 장의 사진 속에서 이야기를 찾아내야 합니다. 사진에 담긴 장면이 어떤 시작과 과정을 거쳐 지금에 이르렀는지, 앞으로는 어떻게 변할지를 상상하며 짧은 시로 풀어냅니다. 짧지만 완결성 있는 이야기를 담으려면, 불필요한 요소를 줄이고 핵심 장면을 살리는 구성이 필요합니다.

이렇게 길러진 이야기력은 글쓰기뿐 아니라 발표, 토론, 대인관계에서도 힘을 발휘합니다. 디카시 쓰기는 학생들에게 장면을 이야기로 엮는 살아 있는 이야기력 교육이 됩니다. 우리는 모두 이야기를 좋아합니다. 특히 맛난 걸 마음에 맞는 사람과 함께 먹으며 이야기하는 걸 매우 좋아합니다. 이야기는 돈이 됩니다.

◆ 적응력 향상

적응력은 새로운 환경이나 변화된 상황에 맞춰 자신의 생각과 행동을 조절하는 힘입니다. 쉽게 말해, 낯선 물속에 들어가도 호흡을 맞추고 헤엄칠 수 있는 능력입니다. 현대 사회는 기술, 문화, 기후, 직업 구조까지 빠르게 변하고 있어, 적응력이 높아야 변화를 기회로 만들 수 있습니다.

학생들이 디카시를 쓰면, 매번 다른 주제와 사진 속 상황에 맞춰 표현 방식을 바꾸어야 합니다. 맑은 날의 풍경과 비 오는 날의 장면, 꽃이 핀 모습과 진 후의 풍경은 모두 다른 시어와 감정을 요구합니다. 이 과정에서 학생들은 한 가지 방식에 고집하지 않고, 상황에 맞는 표현을 찾는 훈련을 하게 됩니다.

또한 친구들의 작품 속 전혀 다른 시각과 해석을 접하며, 자신의 관점을 유연하게 바꾸는 경험을 합니다. 작품을 수정하거나 완전히 새롭게 구성하는 과정에서도 적응력이 자랍니다.

이렇게 길러진 적응력은 학업, 인간관계, 진로 변화 등 삶 전반에서 중요한 힘이 됩니다. 디카시 쓰기는 학생들에게 변화 속에서도 균형을 잃지 않고 조화롭게 맞춰가는 살아 있는 적응력 교육이 됩니다.

◆ 지혜력 향상

지혜력은 단순히 아는 것을 넘어서, 상황에 맞게 지식을 적용하고 더 나은 선택을 하는 힘입니다. 쉽게 말해, 많이 아는 것보다 그 아는 것을 '언제, 어떻게' 쓰느냐를 판단하는 능력입니다. 현대 사회는 정보가 넘쳐나지만, 그중 무엇이 옳고 유익한지를 가려내어 활용하는 지혜력이 없으면 길을 잃기 쉽습니다.

학생들이 디카시를 쓰면, 사진 속 장면을 표현할 때 단순한 묘사에 그치지 않고 그 안에 담긴 삶의 의미와 교훈을 찾아내야 합니다. 예를 들어, 비에 젖은 나무를 보며 인내를 배우거나, 시든 꽃에서 순환의 가치를 깨닫는 과정이 그렇습니다. 이때 학생들은 단편적인 사실에서 한

걸음 더 나아가, 삶과 연결된 깨달음을 얻게 됩니다.

또한 친구들의 작품 속 다양한 시각과 해석을 접하며, 다른 사람의 경험과 지혜를 자신의 것으로 만드는 훈련을 합니다. 시어를 선택하고 다듬는 과정 역시 불필요한 것을 덜어내고 본질을 남기는 지혜의 연습입니다.

이렇게 길러진 지혜력은 학업, 인간관계, 미래의 선택까지도 더 깊고 현명하게 만드는 힘이 됩니다. 디카시 쓰기는 학생들에게 삶을 더 넓고 깊게 바라보게 하는 살아 있는 지혜력 교육이 됩니다.

◆ 탐구력 향상

탐구력은 궁금한 것을 끝까지 파고들어 그 원인과 원리를 밝혀내는 힘입니다. 쉽게 말해, '왜 그럴까?'라는 질문에서 시작해 답을 찾을 때까지 멈추지 않는 능력입니다. 현대 사회는 새로운 지식과 기술이 빠르게 등장하기 때문에, 스스로 배우고 깊이 파고드는 탐구력이 있어야 성장과 발전이 가능합니다.

학생들이 디카시를 쓰면, 사진 속 장면과 대상에 대해 더 알고 싶어집니다. 꽃의 이름, 피는 시기, 자라는 환경을 찾아보고, 그와 관련된 이야기나 상징을 조사하게 됩니다. 이렇게 작품의 완성도를 높이려는 과정이 곧 탐구력의 훈련입니다.

　　　　　　　　　　　　　　　　　최우창의 디카시 창작 노트

또한 시어를 선택하면서 '이 단어가 더 적절한가?', '다른 표현은 없을까?'를 스스로 비교·분석하며 답을 찾아갑니다. 친구들의 작품을 보고도 '왜 이런 표현을 썼을까?', '어떤 배경에서 이런 생각이 나왔을까?'를 질문하게 됩니다. 이런 반복된 호기심과 조사 과정은 교과 학습과 연구 활동에도 직접 연결됩니다. 디카시 쓰기는 학생들에게 질문하고, 찾고, 끝까지 파고드는 살아 있는 탐구력 교육이 됩니다.

◆ 팩션력 향상

팩션력은 사실(Fact)과 허구(Fiction)를 적절히 결합해, 진실성과 흥미를 동시에 살려 이야기를 만드는 힘입니다. 쉽게 말해, 사실을 뼈대로 삼고 상상을 살로 붙여 더 생생하고 매력적인 이야기로 만드는 능력입니다. 현대 사회는 정보 전달에도 감동과 몰입을 요구하기 때문에, 팩션력은 교육, 미디어, 예술 등 다양한 분야에서 중요한 역량이 됩니다.

학생들이 디카시를 쓰면, 사진 속 장면이라는 '사실'을 출발점으로 삼습니다. 그 후 그 장면에 얽힌 상상과 이야기를 덧붙여, 짧지만 울림 있는 작품을 만듭니다. 예를 들어, 실제로 찍은 나무 사진에 '오래전 누군가의 약속을 간직한 나무'라는 허구를 더하면, 독자는 현실과 상상의 경계에서 더 깊이 몰입하게 됩니다.

또한 팩션력은 단순한 꾸밈이 아니라, 사실성을 해치지 않으면서 메시지를 강화하는 기술이기에, 학생들은 사실 검증과 상상력의 균형을 배우게 됩니다. 친구들의 작품을 읽고 어떤 부분이 사실이고 어떤 부분이 상상인지 분석하는 과정도 중요한 학습이 됩니다.

 이렇게 길러진 팩션력은 글쓰기뿐 아니라 프레젠테이션, 스토리텔링, 프로젝트 기획 등에서도 강력한 무기가 됩니다. 디카시 쓰기는 학생들에게 사실과 상상을 조화롭게 엮는 살아 있는 팩션력 교육이 됩니다.

이처럼 디카시 쓰기는 공감력, 관계력, 관찰력, 논리력, 문해력, 분석력, 비판력, 사고력, 상상력, 소통력, 어휘력, 연결력, 예지력, 설득력, 유추력, 의미력, 이해력, 자유력, 직관력, 창의력, 진실력, 창발력, 통찰력, 표현력, 해석력, 행복력, 메타인지력, 문제해결력, 문화력, 변화력, 사실력, 시사력, 이야기력, 적응력, 지혜력, 팩션력, 탐구력 등의 향상에 큰 도움이 됩니다.

맞춤법 검사 : 우리말배움터

　　말과 글의 뿌리를 잡아주는 것이 맞춤법과 문법이에요. 맞춤법은 "글자를 어떻게 적을 것인가"를 정해놓은 규칙입니다. 발음이 비슷해도 정해진 방식대로 써야 해요. 예를 들어 '예쁘다'가 맞고 '이쁘다'라는 표준이 아니에요. "글자 쓰기의 약속"이라고 생각하면 가장 쉬워요.

　　문법은 "문장을 어떻게 만들 것인가"를 정해놓은 규칙입니다. 단어들의 자리, 순서, 형태를 다루지요. 예를 들어 "나는 밥을 먹었다"가 자연스럽습니다. "밥을 나는 먹었다"라는 강조가 아니면 어색합니다. 문법은 "문장 만드는 질서"라고 이해하면 됩니다.

　　맞춤법과 문법의 공통점은 '정확한 의사소통을 돕는 규칙'이라는 점입니다. 둘 다 글의 신뢰를 지켜줍니다. 글을 읽는 사람이 헷갈리지 않도록 길을 닦아줍니다. 시든 산문이든, 말이든 글이든 정확함의 바탕은 항상 이 '둘'에서 나옵니다.

　　맞춤법과 문법의 차이점은 역할의 자리에서 나타나요. 맞춤법과 문법은 담당하는 영역에서 차이가 납니다. 맞춤법은 글자의 문제입니다. 한 글자, 한 단어를 어떻게 적는가에 집중합니다. 예로, 되다/돼, 낫다/낳다, 안/않 등등.

　　문법은 문장의 문제입니다. 단어들을 어떤 순서로 배열하고 어떤 형태로 연결해야 자연스럽고 바르게 들리는지를 다룹니다. 예로, 주어-서술어의 짝 맞추기, 조사 사용, 어순 등등.

맞춤법은 글자의 질서를 세우고 문법은 문장의 질서를 세웁니다. 두 질서가 바로 서면 글은 그 순간부터 진실한 힘을 갖게 됩니다. 글은 더욱 힘을 갖게 됩니다.

시 쓰기에서 맞춤법이 중요한 이유는 '시어의 정확함'이 시의 감동을 지탱하기 때문입니다. 한 글자가 어긋나면 뜻이 흔들립니다. 뜻이 흔들리면 감정의 길도 무너집니다. 예쁜 단어라도 틀리면 시의 품격이 떨어집니다.

문법이 중요한 이유는 '시의 흐름'이 문장의 질서 안에서 살아나기 때문입니다. 문장의 자리와 흐름이 흔들리면 시가 전하고 싶은 마음이 독자에게 곧바로 닿지 못합니다. 시가 짧을수록 문법의 질서는 더 중요합니다.

디카시 쓰기에서 맞춤법과 문법의 중요성은 더 선명해집니다. 일반적으로 시보다 디카시는 길이가 더 짧기에 표현의 조그만 흠도 금방 드러납니다. 독자는 짧은 글에서 '정확함'을 먼저 찾습니다. 정확함이 갖추어져야 비로소 감동이 들어옵니다. 맞춤법과 문법은 시의 질서를 세우는 뼈대입니다.

맞춤법과 문법이 시 쓰기와 글쓰기에서 왜 중요할까요?

명확한 의미 전달

가장 기본적인 역할입니다. 맞춤법이나 문법이 틀리면 작가가 의도한 바가 독자에게 정확히 전달되지 않고 오해를 불러일으킬 수 있어요. 독자가 글의 의미를 파악하는 데 불필요한 노력을 기울이게 만들죠.

글의 신뢰성과 전문성 확보 (일반 글쓰기)

보고서, 기사, 논문 등 일반적인 글에서는 맞춤법과 문법 오류가 발견되면 글쓴이의 신뢰도를 떨어뜨리고, 글의 전문성을 의심하게 만듭니다. '기본도 안 되어 있다'라는 인상을 줄 수 있죠. 믿지 않거나 믿지 못하면 따라가지 않는 것은 당연한 일입니다. 글도 시도 독자에게 믿음을 줘야 하지요.

글의 흐름과 가독성 유지

가독성이란 글(텍스트)이 얼마나 쉽고 명확하게 읽히고 이해될 수 있는지를 나타내는 특성입니다. 문법이 불안정하면 문장이 끊기거나 어색해져서 글 전체의 흐름이 깨지고 가독성이 떨어집니다. 독자가 글을 읽다가 턱턱 막히는 느낌을 받게 되죠. 때로는 글이 무슨 말을 하는지 잘 이해되지 않는 때도 있고요.

예술적 효과와 의도적 파격 (시 쓰기)

시는 때로 기존의 문법 규칙을 의도적으로 깨뜨려 새로운 의미나 예술적 효과를 창출하기도 합니다. 하지만 이러한 '파격'은 기본적인 맞춤법과 문법을 정확히 인지하고 있을 때 비로소 그 가치를 발휘합니다. 기초가 없는 상태에서의 오류는 실수와 무지로 인식될 뿐, 의도된 예술적 장치가 될 수 없어요.

마치 훌륭한 화가가 기본기를 익힌 후에야 추상화를 그릴 수 있는 것과 같습니다. 작은 맞춤법과 문법의 오류 하나가 시 전체의 분위기를 해치거나, 시인의 진지함을 의심하게 만들 수도 있습니다.

맞춤법과 문법의 중요성은 마치 건물을 짓는 일에 비유할 수 있습니다. 맞춤법은 '벽돌 하나하나를 잘 만드는 일'과 같아요. 벽돌들이 제각각 다른 모양이거나 깨져 있다면, 아무리 좋은 설계도가 있어도 견고하고 아름다운 건물을 짓기 어렵겠지요. 단어 하나하나가 정확해야 문장을 바르게 쌓아 올릴 수 있습니다.

문법은 '건물의 설계도이자 구조적인 뼈대, 그리고 벽돌을 이어주는 시멘트'와 같습니다. 아무리 잘 만들어진 벽돌(맞는 단어)이 많아도 설계도가 엉망이거나, 시멘트가 제대로 발려 있지 않으면 건물이 무너져 버리고 맙니다. 주어와 서술어의 연결, 문장의 논리적 흐름 등이 제대로 잡혀야 글이라는 건물이 흔들리지 않고 독자에게 안전하게 다가갈 수 있지요.

          최우창의 디카시 창작 노트

문법은 그 벽돌들을 어떻게 쌓아 올리고, 어떤 형태의 방을 만들며, 어디에 문을 낼지 정하는 정교한 설계도이자 건축 공법과 같습니다. 문법은 글의 뼈대를 세우고, 의미를 유기적으로 연결하는 구조적인 역할을 하죠. 설계도가 명확해야 건축가의 의도대로 공간이 구현되듯, 문법이 정확해야 작가의 생각이 독자에게 온전히 전달될 수 있습니다.

모든 글쓰기의 기초이자 기본이 되는 맞춤법과 문법을 제대로 아는 것은 매우 필요한 일입니다. 하지만, 생각보다 맞춤법과 문법 공부는 어렵습니다. 어떤 때는 알수록 더 어려움을 느낍니다.

그래서 쓴 글을, 한국의 대표적인 워드프로세서인 〈한글〉에서 맞춤법과 문법의 오류 여부에 대한 기본적인 체크도 하면서, 별도로 맞춤법 검사기로 〈우리말 배움터〉를 사용합니다. 스마트폰에서도 〈우리말 배움터〉에서 오른쪽의 〈한국어 맞춤법/문법 검사기〉에서 글 내용을 복사하여, 〈붙여넣기〉 하면 한국어 맞춤법과 문법을 검사해 줍니다. 일반적인 것은 무료로 사용이 가능합니다.

사전 찾기와 시어(詩語)

저는 사전(인터넷 사전) 찾기를 좋아합니다. 컴퓨터 바탕화면에는 네이버 사전을 포함하여 표준어 대사전, 우리말샘 등 여러 개의 인터넷 사전이 있습니다. 스마트폰에도 전광진 교수님의 사전 앱 '속뜻 사전'이 있습니다. 필요할 때마다 사전을 찾습니다.

그리고 사전에서 찾은 단어의 뜻을 노트에 적는 걸 좋아합니다. 평상시에도 버릇처럼 합니다. 글쓰기를 할 때는 더 많이 합니다. 단어의 뜻이나 개념, 의미 등을 알아가는 과정이 즐겁습니다.

특히 글쓰기를 할 때는 강박에 가까울 정도로 그 문장에 그 단어가 의미상 들어가는 게 맞는지 확인하고 또 확인합니다. 왜냐하면 문장에 맞지 않은 단어나, 틀린 맞춤법, 문법은 그 글에 대한 신뢰와 완성도가 떨어진다고 생각하기 때문입니다.

저는 사용하려는 단어나 개념을 다른 사람에게 말이나 글로써 명료하고 쉽게 설명할 수 있어야지 그 낱말의 뜻을 제대로 파악하고 있다고 생각합니다. 글을 쓰는 사람은 사전과의 동고동락이 필연입니다. 사전이 친구가 되어야 합니다. 사전은 글쓰기의 씨앗 창고입니다.

우리의 삶이 그렇듯이 낱말은 서로 긴밀한 관계를 맺고 있지요. 하나의 낱말은 다른 낱말과 연결되어 있는 경우가 대부분입니다. 사전에서

  최우창의 디카시 창작 노트

낱말의 뜻을 알아가는 과정에 새로운 시상이 떠오르기도 하고 새로운 발상이 생기기도 합니다.

글은 '낱말 밭'이라고 할 수 있습니다. '낱'은 셀 수 있는 물건의 하나하나를 말합니다. 같은 뜻이 '낱낱, 하나하나'이지요. 낱낱(낱개)의 말이 낱말입니다.

낱낱의 말(낱말, 단어, 어휘)이 모여 문장을 이루고, 몇 개의 문장이 모여 문단(단락)을 구성하지요. 그리고 여러 개의 문단이 모여 글(정보)을 이룹니다. 따라서 글은 낱낱의 말들의 집합체(낱말 밭)라고 할 수 있습니다. 배움도 글쓰기도 그 시작은 낱말의 뜻을 제대로 아는 겁니다. 그걸 흔히 '개념 파악'이라고 하지요.

낱낱의 말들의 뜻(속뜻)을 풀이하여 모아 놓은 책이 사전(辭典)입니다. 음식을 만들려면 식재료가 있어야 하고, 역사를 서술하려면 역사 서술의 근거가 되는 재료(자료)인 사료(史料)가 있어야 합니다.

마찬가지로 글을 쓰려면 글 소재가 있어야 하고, 소재를 문장이나 이야기 형태로 변환하려면 '낱말'이 있어야 합니다. 낱낱의 말뜻을 제대로 알아야 소재를 제대로 표현할 수 있습니다. 소재(素材. 바탕 소)는 글쓰기의 가장 기본적인 밑바탕이 되는 재료입니다.

아무리 좋은 '소재와 주제'가 있어도, 글을 구성하는 낱말을 적소(適所. 꼭 알맞은 자리. 적당한 곳)에 배치하고 배열하지 못하면 헛수고가 될 수 있습니다. 글쓰기는 장기판의 '졸(卒)'처럼 낱말을 어디에 넣고 빼고 옮길지 고민의 연속이라고 할 수 있지요.

말 하나하나의 뜻(의미. 속뜻)을 제대로 알고, 그 낱말(단어)이 있어야 할 자리에 제대로 배치하고 배열할 수 있는 사람은 좋은 글쟁이가 될 수 있다고 봅니다. 글쓰기에서 낱말 하나하나는, '레고 놀이의 레고 블록'에 해당합니다.

쌀알이 모여 밥을 짓듯이, 글은 결국 '낱말'로 지어집니다. 낱말 하나의 뜻이 어긋나면 문장의 방향이 달라지고, 글 전체의 메시지도 변합니다. 사전은 단어의 의미, 미묘한 뉘앙스, 용례를 알려주어 의미 착오를 막아줍니다. 정확한 의미를 찾기 위해, 사전을 찾고 또 찾아야 합니다.

같은 뜻이라도 어감과 뉘앙스가 다른 단어들이 많습니다. 예를 들어 '향기'와 '냄새'는 모두 영어로 smell을 뜻하지만, 사용 맥락과 정서가 다릅니다. 사전을 자주 찾는 사람은 표현 선택의 폭이 넓어지고, 독자에게 더 깊게 와닿는 문장을 만들 수 있습니다. 적확한(확실한, 틀림없는) 표현을 고르기 위해선 사전을 찾고 또 찾아야 합니다.

사전은 단순한 뜻풀이 집이 아니라, 어휘력을 키우는 '보물창고'입니다. 모르는 단어를 찾아보는 습관은 새로운 표현과 발상을 만나게 하고, 글의 깊이와 품격을 높여줍니다. 또한 사전은 창의력과 표현력, 상상력, 사고력 향상의 원천이 됩니다.

글을 쓰는 이는 사전과 함께 살아야 합니다. 그것은 마치 농부가 씨앗과 함께 사는 것과 같습니다. 사전 속의 단어들이 곧 글의 씨앗이 되고, 그 씨앗을 잘 고르고 심는 일이 곧 글쓰기의 시작입니다. 그래서 사전은 글쓰기의 씨앗 창고라고 할 수 있는 겁니다.

시어(詩語)는 시에 쓰는 말. 또는 시에 있는 말이지요. 사전 찾기와 시어의 선택은 뗄 수 없는 관계입니다. '언어의 한계는 사고(思考)의 한계'라는 말이 있지요. 그렇습니다. 언어의 한계는 사고의 한계이고, 사고의 한계는 표현의 한계이기도 합니다. 글을 쓰는 이는 글말을 잘 구사(驅使. 자유롭게 다룸)해야 합니다. 글쟁이는 마치 마장마술의 기수가 말을 부리듯이, 글말(문어)을 잘 부려야 합니다. 유명 강사는 입말(구어)을 잘 부려야 하고요.

우리의 삶은 표현의 연속이고, 예술과 문학도 마찬가지입니다. 인생사를 화가는 그림으로써 표현하고, 무용가는 몸짓으로써 표현하고, 작가는 글로써 표현합니다. 가수는 노래로써 사랑과 이별 등을 표현하고요. 잘 표현하면 잘 살고요, 그 반대면 곤란해질 수도 있지요.

시어는 시의 심장입니다. 사전 찾기와 문장에 적합한 시어의 선택을 즐길 때, 독자의 마음을 얻을 수 있는 작가가 될 것입니다. 쓰는 글이 막힐 땐, 사전을 뒤적여 보시기 바랍니다. 사전과 좋은 시어의 선택은 글 쓰기의 쌍두마차(어떤 한 분야에서 주축이 되는 두 사람이나 사물 따위를 비유적으로 이르는 말)입니다. 당연히 디카시 쓰기도 마찬가지고요.

II.

최우창의 디카시

(Dica詩)

- 함께 한다는 건
- 비에 젖은 벤치
- 일몰
- 나팔
- 강아지풀
- 우레탄 산책로
- 뭇풀
- 도라지꽃
- 객쩍은 생각
- 습관
- 시무룩하다
- 풍선
- 모기
- 징검다리
- 낮달
- 벽
- 눈길

제1부
함께 한다는 건

함께 한다는 건

함께 한다는 건
비옷 위로 우산을 받쳐주고
네 눈길 닿는 곳을
나도 가만 바라보는 일
비에 젖는 것도 깜빡 잊은 채

함께 한다는 건

최우창의 디카시 창작 노트

비에 젖은 벤치

누가
슬픔을 잔뜩 흘려 놓고
기쁨만 달랑 메고 갔나?

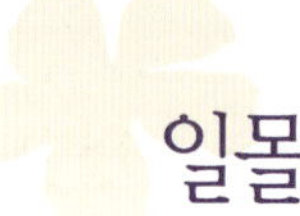

일몰

해 지니
그림자마저
날 떠나네

나팔

나불거리는 바람결에
들리고 보이는 것만이
나의 전부가 아니라는 걸
손나팔 만들어 세상에
일인 시위하듯 외치고 있네

강아지풀

누구에게나 거리낌 없이
살랑대는 강아지 꼬리를 빼다 박아
강아지 이름표 붙이고 사는
강아지풀의 초승달 같은 입꼬리가
인간 장막을 살랑살랑 흔들어 허문다

우레탄 산책로

7월 9일 땡볕 우레탄 산책로에서
멈칫 맞닥트린 잡풀 하나에
순간 스친 개똥철학, 셋
어찌 올라왔지? 물은? 밟히지는 않고?
우와 야, 너 진짜 대단하구나

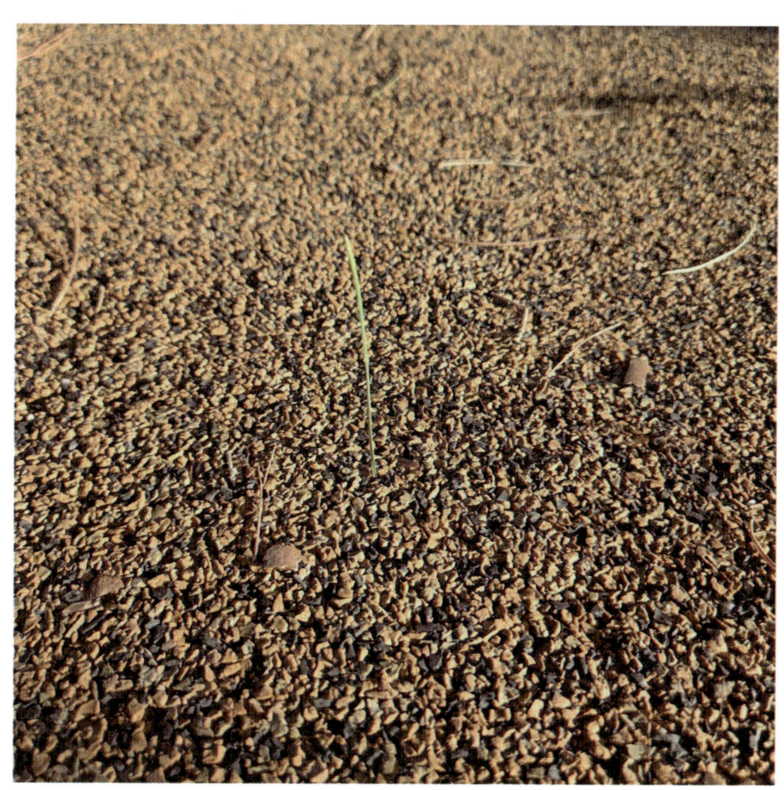

뭇풀

다닥다닥 뒤섞여
너나 구별 없이
파릇파릇 잘도 산다
태초에 천지 창조의 하나님께선
이리 살라 하셨으리

도라지꽃

네 보랏빛 미소가
도라지 향을 뿡뿡 내뿜는
땅 밑 진원(震源)임을
널 마주한 순간
단박에 알았네

객쩍은 생각

개미가 홀로 갈팡질팡 길을 간다

길을 잃은 걸까 아니면 배가 고픈 걸까

가출한 걸까 아니면 출가한 걸까

이도저도 아닐까 뭘까 뭘까 하다가

나도 가던 길을 간다

최우창의 디카시 창작 노트

습관

우리 강아지 '두부'는
이런 날 이리고도
산책을 가야 한다

시무룩하다

누구나
이따금
이럴 때가 있다

최우창의 디카시 창작 노트

풍선

욕심을
세게 불면
터진다
펑 하고

모기

묻고 따지지도 않는다
혐오도 없다
차별도 하지 않는다
공정하다 그래도
가끔 선호하는 건 있다

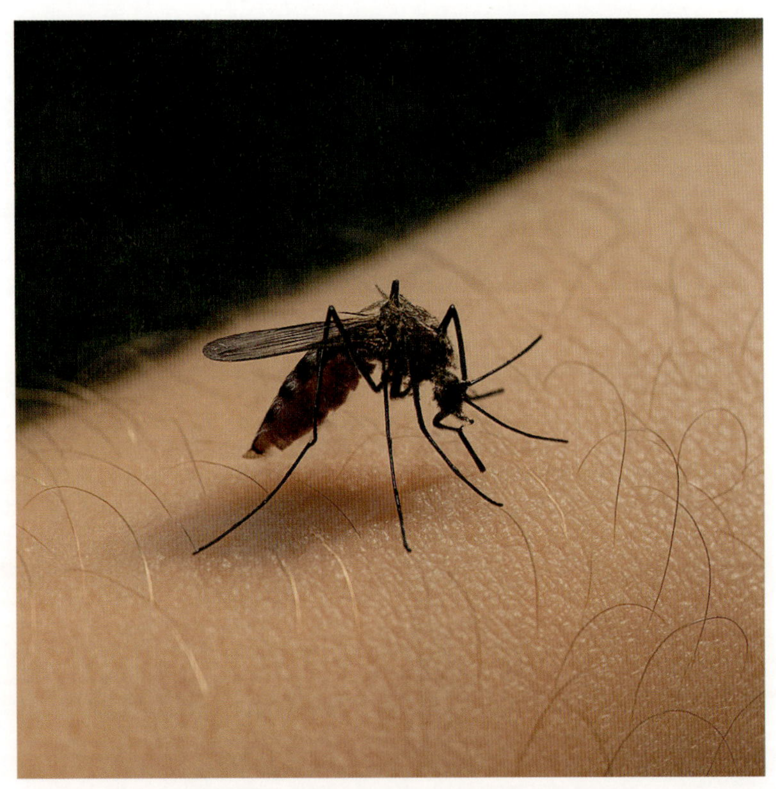

징검다리

띄엄띄엄
디뎌야 하는
징검돌처럼
생의 수려한 문장은
띄어쓰기가 아닐까?

낮달

오늘은 야근인데
아차, 시계를 거꾸로 봐서
너무 일찍
출근해 버렸네

벽

벽이 대뜸 말했다
오늘도 넌 나를 탓하겠지
아냐 아니야 하고 손사래 쳤지만
나를 가로막은 건 너보다
나였어

눈길

땅에서 하늘로 나무를 쳐다보면
한 줄기가 둘로 갈라지고
하늘에서 땅으로 나무를 내려다보면
연리지처럼 두 갈래가 한 그루가 되네
나는 어디에 서서 무엇을 바라보고 사는가?

최우창의 디카시 창작 노트

- 아스팔트에 핀 채송화
- 연
- 채송화
- 참나무산누에나방
- 엄마와 농부의 마음
- 품
- 긴 몸에 짧은 생각
- 돈
- 흥덕 오일장
- 기러기
- 본질
- 매미 허물
- 빨래집게
- 선풍기
- 걸레의 항변
- 헌책방
- 동현이 어머니
- 벽시계
- 세숫대야

제2부
엄마와 농부의 마음

아스팔트에 핀 채송화

그 누구도 여기선
못 산다고 했다
그 말이 나에겐
물과 거름이 되었다

연

바람을 외면하는 연은
땅에 꼬라박히고
바람을 끌어안는 연은
땅을 박차고 올라
하늘을 난다 훨훨

채송화

국어사전에 꽃잎은 있어도

'꽃입'은 없다

입이 없는 채송화는

자기들끼리 뭐로 종일

재잘재잘 수다를 떠나?

참나무산누에나방

살려고 올빼미의 눈을 빌렸다
한 쌍으로 부족해서 두 쌍을 장착했다
그것도 미심쩍어
뿔도 추가로 사들였다
그렇게, 산다

엄마와 농부의 마음

자식도 곡식도

풀처럼 성장할 순 없을까

손이 따로 가지 않아도

때를 따라 자라고 알아서 영글어

비바람을 견디는 풀이 될 순 없을까

최우창의 디카시 창작 노트

품

엄마
이제 떠날 채비를 다 끝냈어요
엄마의 사랑
두고두고 기억하고
살게요

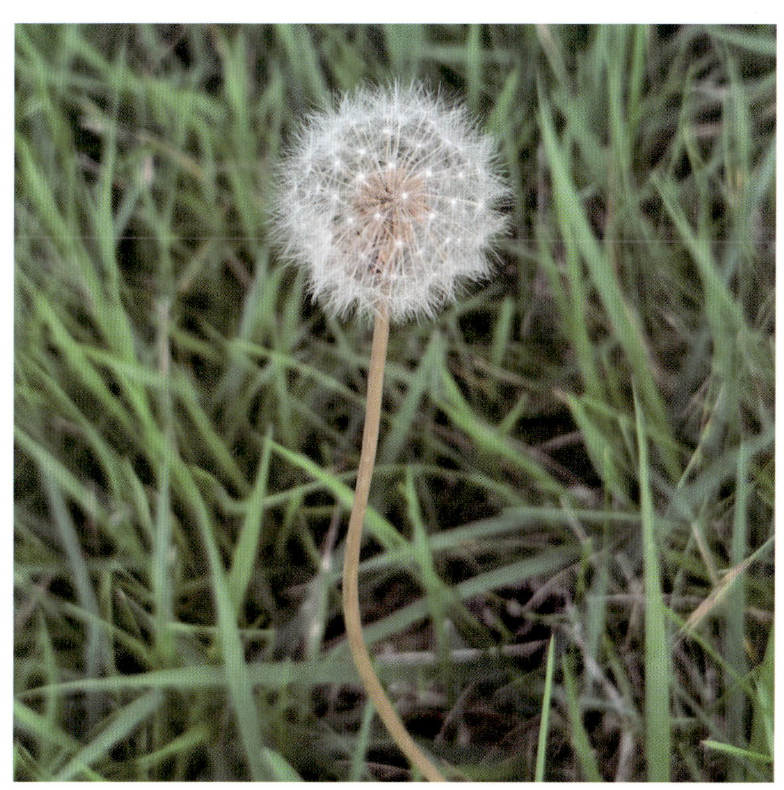

긴 몸에 짧은 생각

천국인 줄 알고
급히 올라왔더니
아이고 야
불볕 지옥이네

돈

너로 인해
우리네 인생살이가
주머니 속 동전처럼
서로서로 부딪치며
짤랑짤랑 짤랑거린다

흥덕 오일장

부추 두 단
호박잎 다섯 소쿠리
깻잎 세 묶음
자두 한 바가지
파장(罷場) 전, 못다 판 품목들

기러기

얼마나 오래도록
얼마나 높이 높이
날아올라야지
인간들의 욕망이
하늘에 닿을까?

본질

토끼풀 밭에 앉아
토끼는 본체만체하고
네잎클로버만 머릿니를 잡듯
샅샅이 뒤지고 있네
토끼의 풀밭인데

매미 허물

나를 벗어야
내가 된다
나를 깨야지
알이 된다

빨래집게

땀에 젖은 하루가
바람에 휙 날아가지 않고
발에 밟히지 않게
이를 악물고
바들바들 버티고 있다

선풍기

선풍기는 뱅뱅 맴돌아야
바람을 일으키고
생각은 예천군 회룡포처럼
휘휘 휘돌아야
새바람을 불러일으킨다

걸레의 항변

먼지 때 오물 기타 등등
더러운 건 모조리 닦아 주었건만
정작 '더러움'의 비유로
걸레 같다며 나를 앞세우네
정말 더럽고, 치사하다 치사해

헌책방

저자가 오롯이 쏟아부은 문장에
누군가 앞서 밑줄을 그었다
나는 뒤따라가며 붉은 줄을 덧그었다
그렇게 셋은 한 문장 안에서
인생의 길벗이 되어 걸었다

동현이 어머니

흥덕 오일장 날, "선생님 아니세요?"

"어, 동현이 어머니 아니세요?"

우리 동현이가 설비 일을 해요 네 알아요

우리 집 누수도 동현이가 단번에 잡았는걸요

동현이 어머니가 쌀과자처럼 달게 웃으신다

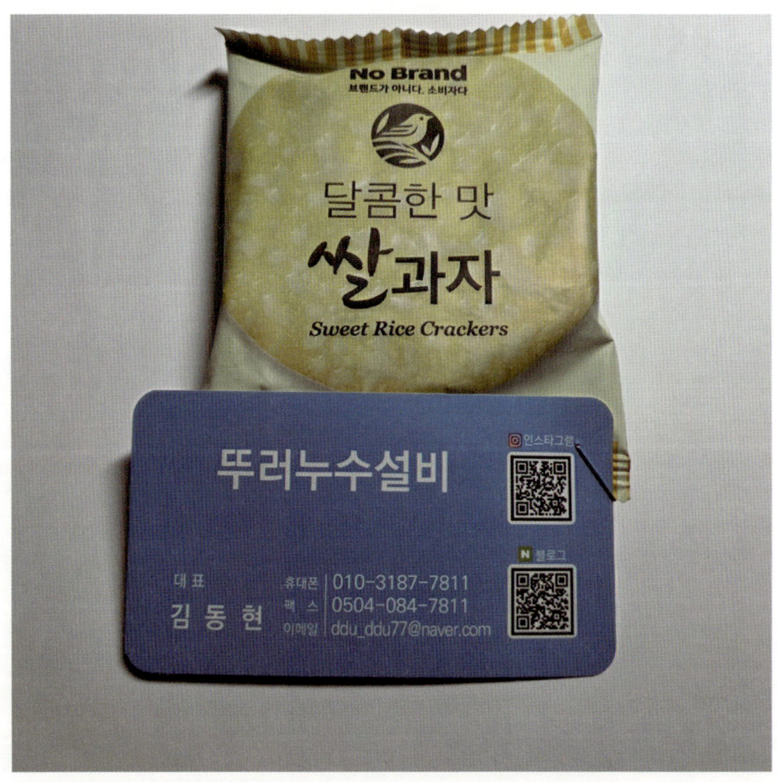

벽시계

확 되돌리고 싶다
동작 그만 그만하고 싶다
발랑 뒤집어 감추고 싶다
그러면 못난 세월의 잔주름이
좀 펴지려나?

세숫대야

어푸어푸하며 얼굴을 씻고
걸음걸음마다 고린 발을 닦는다
하루이틀 절은 피로를 헹구고
그렁저렁 행복을 엮어 간다
너의 덕분에 고맙다 고마워

최우창의 디카시 창작 노트

- 담쟁이넝쿨의 다짐
- 이등병 커피
- 고백
- 입추
- 메밀잠자리
- 달과 구름
- 울보
- 호박꽃 연가
- 나는 무궁화
- 박꽃의 유혹
- 풀, 죽다
- 코스모스 핀 들녘
- 반지 손가락
- 늦더위
- 나
- 풀피리
- 회룡포
- 맑은 날의 우산
- 꿀벌의 생명수

제3부
나는 무궁화

담쟁이넝쿨의 다짐

삼겹살이 노릇노릇 익어가는 냄새
강아지가 고양이를 뒤쫓아 가는 소리
아이들이 깔깔대며 뒹구는 소리
담장 너머엔 도대체 누가 뭐가 있길래
오늘은 기어코 올라 보고야 말겠어

이등병 커피

무(無)월광에 가을비 추적대던 날 초저녁
비무장 지대 매복 작전 투입 임박해서
이젠 이름도 얼굴도 잊어버린 동기 이등병이
고참 몰래 슬그머니 내민, 커피 한 잔이 아른댄다
그때 그 마음은 지금 어느 곳에 살고 있을까

사랑에 흠씬 젖은
그 누가
서툰 고백 대신
흰 꽃 한 송이
살짝 놓고 갔나 봐

입추

폭염아
폭우야
너희가 떠나야
풀벌레가 운다
가라 어서 가거라 가

메밀잠자리

메밀잠자리가 어디에 틀어박혀

낮잠을 자는지 늦잠을 자는지

도무지 잘 보이질 않네

이마저 이상기온 탓인가?

제발, 자던 잠 마냥 쿨쿨 자고 있기를

* 메밀잠자리: 고추잠자리의 암컷.

달과 구름

수줍음 많은 계집아이처럼
엄마 치마 뒤로 얼른 숨었다가
발그스름한 얼굴을
빼꼼 빼꼼
내밀었다가

울보

울고 싶을 땐 엉엉 울어도 된다
외치고 싶을 땐 왜? 왜?
외쳐도 된다
다 그러며 깔딱고개 넘고
사는 거 아니겠는가?

최우창의 디카시 창작 노트

호박꽃 연가

연노란 자태가
아침 이슬엔 살갑고
한낮 햇살엔 다정하고
저녁 노을엔 푸근하고
한밤 달빛엔 요염하구나

나는 무궁화

비바람이 몰아쳐도
피고 지고
지고 피고
나는 무궁화
대한의 혼(魂)

박꽃의 유혹

여름밤 달빛 아래
초록 치마저고리
순백의 눈 시린 미소
뭇 사내들이
아이스크림처럼 녹는다

풀, 죽다

예초기 칼날에 풀이 잘린다
잘린 풀더미에서 풀내가 풀풀 난다
풋내는 이내 단내가 된다
풀, 너는 미련 없이
풋풋하게 살다가 달달하게 갔구나

코스모스 핀 들녘

살갖을 간질거리는 갈바람에 코스모스가
계집아이들처럼 까르르 까르르 웃자
벼들도 덩달아 고개를 끄떡끄떡 웃는다
그 순간 60촉 백열등 스위치를 켠 듯
온 들판이 환하게 밝아온다

반지 손가락

먹이고 입히고 거드느라
분주한 일손에
다리에서 허리로
이젠 손가락마저도
차례차례 무릎을 꿇었다

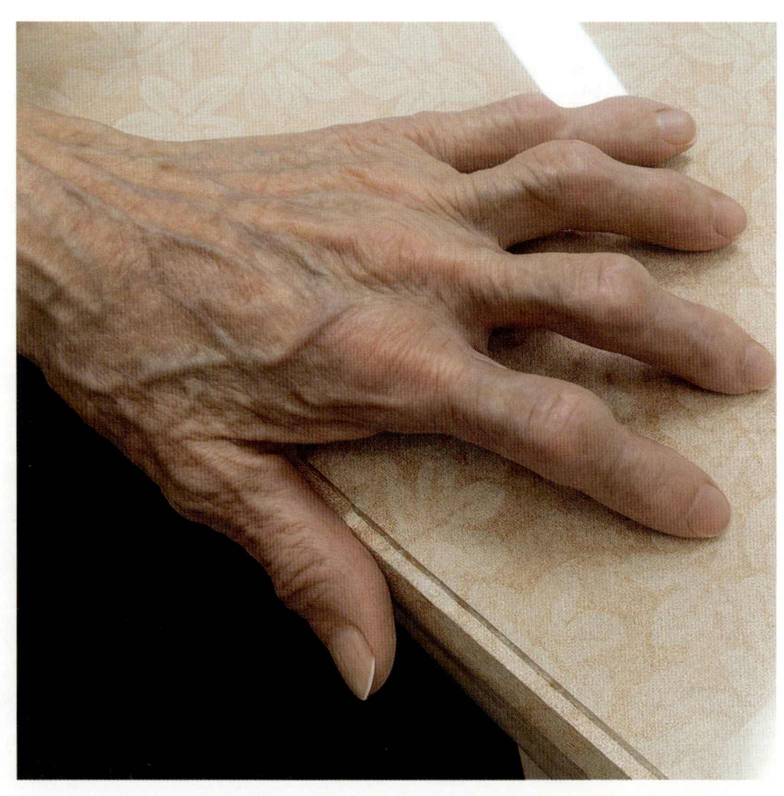

늦더위

떠나기 싫어 아무리
바둥바둥 몸부림쳐도
씨르륵 씨르륵 여치 울음 잦아들고
밤송이가 입을 쩍쩍 벌리기 시작하면
밤사이에라도 가을은 오는 거야

낙엽처럼 동동 둥둥
떠내려갈 것인가?
강물처럼 저벅저벅
흘러갈 것인가?

풀피리

갈댓잎 하나 툭 따서
입술에 물고 지그시 분다
문풍지처럼 입과 잎이 파르르 떨리고
삘리리삘리리 삘리리삘리리
아득히 어린 날의 노래가 들려온다

회룡포

알을 품는 둥지의 새처럼

아기를 가진 어미처럼

마을을 도닥도닥

감싸안고

산다

맑은 날의 우산

비가 올 확률이 80퍼센트 이상이래서
우산을 야무지게 챙겼는데
종일 뙤약볕만 쨍쨍이네
에이 양산으로 쓰면 되지 뭐
비든 볕이든 막으면 그만인걸

꿀벌의 생명수

한여름 뙤약볕에
바짝바짝 타는 날갯짓을 하다가
실외기에서 쩰쩰 흐르는 물을 만나
막힌 숨을 벌컥벌컥 쉰다
시시한 것도 때론 생명이 될 수 있음이여

- 땡감
- 가을 풍경
- 비화(飛火)
- 상수리나무 식구들
- 검(劍)의 본성
- 사라진 소리
- 봉숭아, 봉숭아
- 당신이 있기에
- 늙은 수사자
- 자연과 인공
- 각가지
- 쌍무지개
- 반달
- 냇자갈
- 갈대꽃과 억새꽃
- 피뢰침
- 풀잎
- 들국화
- 담배꽃

제4부
자연과 인공

땡감

땅감처럼 여름을 떫고
딴딴하게 보낸 청춘
가을에 달고
말랑말랑한 홍시를
맛볼 수 있다

가을 풍경

막아야 사는 사람과
먹어야 사는 참새 사이에서
허수아비가 귀엣말로 소곤소곤
"쪼끔만 먹고 어서어서 가거라"
그러고선 크게 고함 지른다 "훠이훠이 훠이훠이"

비화(飛火)

산이 시뻘겋게 타들어 간다
이 산에서 저 산으로
꽃불이 홱홱 날아다니고
덩달아 마음도 타닥타닥 탄다
가을 타는 냄새가 온 산천에 흥건하다

상수리나무 식구들

갈바람에 톡톡 툭툭 떨어지는 도토리가
풀잎 속으로 또르르 또르르 숨는다
산비탈을 데굴데굴 데구루루 굴러 간다
이를 본 다람쥐와 청설모가 후다닥 뛴다
파닥파닥 어치가 날고 멧돼지가 코를 연신 벌렁거린다

검(劍)의 본성

시퍼런 쌍날의 검을
움켜쥔 자(者)여 기억하라
칼끝은 날카롭긴 하나, 어둠처럼 눈이 멀어
나와 너를 구별할 줄 모른다
검의 주인은 칼자루가 아니라 검인 것을

사라진 소리

아침저녁으로 골목골목을 휘젓고 다니던
아이들의 웃음소리 울음소리
젊은 엄마들이 누구야 누구야 하고 부르던 소리
동네가 압력솥처럼 시끌시끌 끓어 넘치던 소리
이젠 어디론가 떠나가 돌아오지 않는 소리

봉숭아, 봉숭아

봉선화야 봉선화야 하고 부르면

예쁜 꽃을 마주하는 것 같은데

봉숭아 봉숭아 하고 부르면

정겨운 친구를 부르는 느낌이 나서

어쩜 손톱물이 더 곱게 들 것만 같아

당신이 있기에

당신이 있기에 하늘과 땅이 있고

당신이 있기에 별빛과 달빛이 반짝이고

당신이 있기에 밥상이 활짝 웃고

당신이 있기에 잠도 달게 자고

당신이 있기에 내가 여기 있어요

늙은 수사자

한때는 밀림을 쩌렁쩌렁 호령했을

갈기 빠진 수사자가 정자 기둥에 기대고 앉아

멍하니 저물어 가는 하늘을 바라보고 있다

사라져 버린 밀림이 그리워서일까

치렁치렁하던 갈기가 듬성듬성한 게 아쉬워서일까

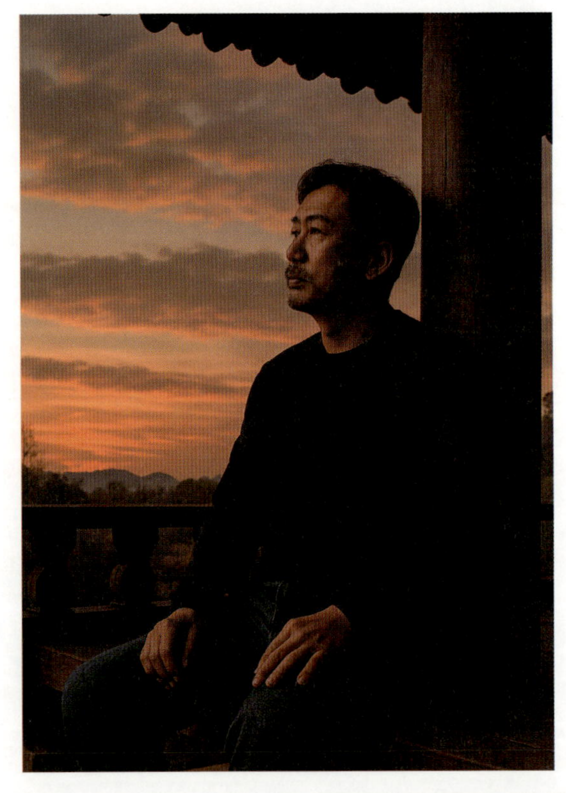

자연과 인공

멋쟁이 소나무 어깨 위로 어둠이 쌓이면
민들레꽃 정원등이 부스스 눈을 뜬다
둘은 밤낮으로 번갈아 배후가 된다
자연과 인간이 자연과 문명이 인간과 인공이
서로가 서로에게 든든한 뒷배가 되기를

각가지

"가지가지 하네" 가지가 늘 말썽이었지요

길동이도 가지라서 눈엣가시였지요

하지만 가지가 없는 줄기는 통나무일 뿐

통나무엔 꽃도 새도 바람조차도 머물지 않아요

실개천이 없는 강이 어디 있던가요?

쌍무지개

눈썹이 짙은 수무지개 얼굴 위로
옅게 분을 바른 암무지개가 수줍은 듯
생긋방긋 웃고 있네
무릎으로 하는 사랑의 순전한 고백을
듣는 연인처럼

쌍무지개

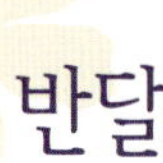

반달

달이 나를 보고 윙크를 한다
왼눈과 오른눈을 번갈아 깜박일 때마다
내 마음은 초승과 그믐을 오간다
실눈을 실쭉샐쭉할 때마다
내 입은 달처럼 이지러졌다가 차올랐다가

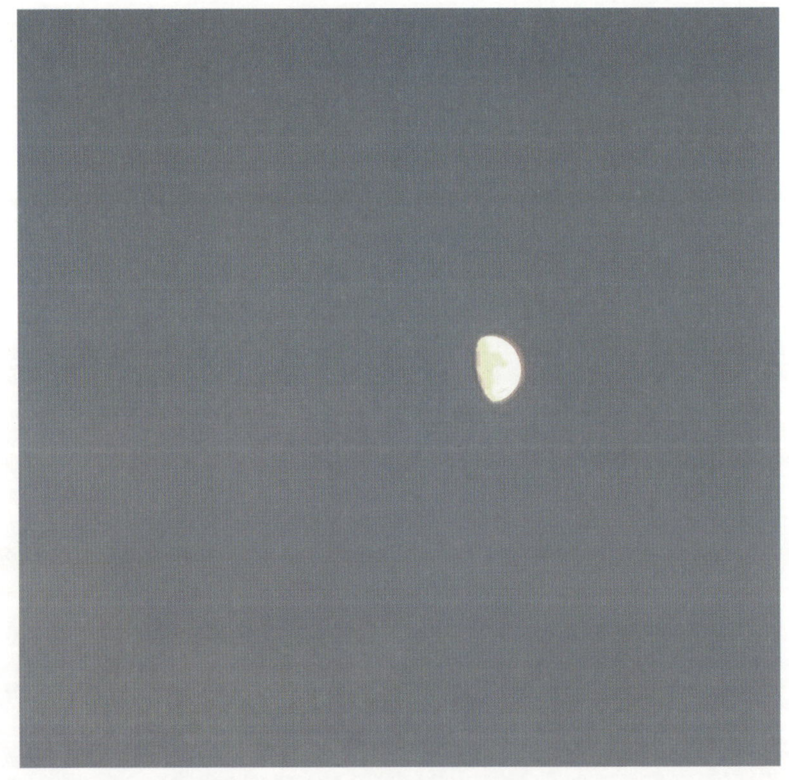

최우창의 디카시 창작 노트

냇자갈

거센 물살에 이리저리 섭슬리며
부서지고 깎이고 갈리고 닳아
동글동글 반질반질해진 것들이
아기자기 모여 자그락자그락
시냇물을 맑힌다

갈대꽃과 억새꽃

오해일까 기만일까 속임수일까

가냘플 것만 같은 갈대는 억세게 생겼다

억셀 것만 같은 억새는 가냘프게 생겼다

이름을 잘못 지은 걸까

속심은 모르겠지만 생김생김은 그렇구나

피뢰침

하늘이 사자처럼 울부짖고
번갯불이 찌지직찌지직 타고
날벼락이 쾅쾅 치는 시절에는
높다란 피뢰침을 앞세우고
도선을 땅에 파묻어 방전해야 산다

풀잎

가는 실바람에도 파르르 입술을 떨고
세찬 폭풍우에는 픽픽 쓰러져 드러눕지만
아침 해가 살짝 고개를 내비치면
엉덩이를 탁탁 털고 일어선다
언제 그랬냐는 듯이

최우창의 디카시 창작 노트

들국화

나는 구절초 쑥부쟁이 산국 감국 개미취
벌개미취 눈개쑥부쟁이의 차이를 몰라요
그냥 들녘에 향내를 가득 채운 들국화일 뿐이죠
나는 피부색 인종도 생김새 민족도 구별하지 않아요
이냥 저냥 저마다 꽃내음 지닌 사람일 뿐이죠

담배꽃

부끄러운 듯 배시시 웃는

연분홍빛 매혹에

빨갛게 애간장을 태우며

심호흡처럼 줄담배만 연신

뻐끔뻐끔 피우고 있다

- 낙엽
- 새재 흙길
- 손 그늘
- 여름밤 풍뎅이
- 곶감 같은 인생
- 홀로 우는 색소폰
- 눈물방울
- 가을 엽서
- 뭉게구름
- 거리등
- 메꽃에 대한 오해
- 고독
- 산불됴심
- 폭포
- 도깨비바늘
- 익다
- 양철 필통
- 거미집 철거
- 봄날
- 빛의 유혹
- 왜가리의 기도
- 해시계
- 나, 때
- 피라칸타 열매
- 옹달샘
- 가지 잘린 가로수
- 할머니 보행차
- 야경(夜景)

제5부
나, 때

낙엽

잎이 진다
한 장 두 장 세 장
바람에 잎이 우수수 떨어지고
철 지난 행동들이 낙엽처럼
마음에 쌓인다

새재 흙길

꾸밈이 없는 길
덜커덩거리는 길
평편하지 않은 길
진창에 빠질 수도 있는 길
그래서, 더 걷고 싶은 길

손 그늘

모자도 선글라스도 없이
길을 나선 햇살이 따가운 날엔
손바닥 한 장도 눈부심을 막는
챙이 긴 모자가 될 수 있네요
덩치 큰 산그늘이 될 수도 있지요

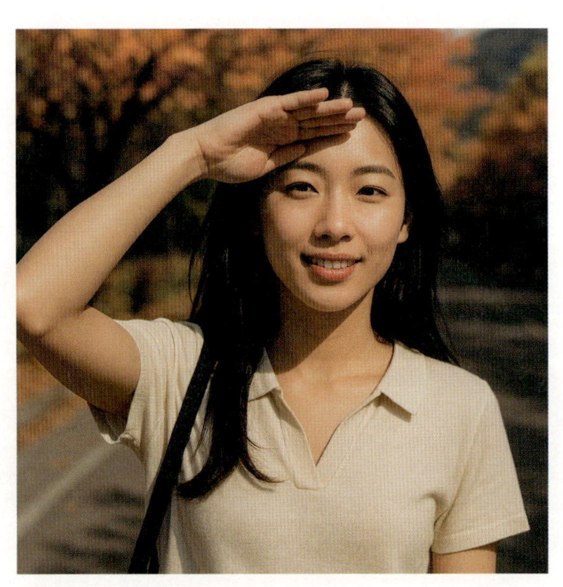

최우창의 디카시 창작 노트

여름밤 풍뎅이

붕붕거리는 굉음과 동시에

탁탁 탁탁하고 백열등에 부딪히는 소리

벌러덩 뒤집힌 시커먼 벌레를 보고

엄마야 하고 자지러지는 소리

풍뎅이 불빛 사랑에 오싹했던 여름밤의 소동

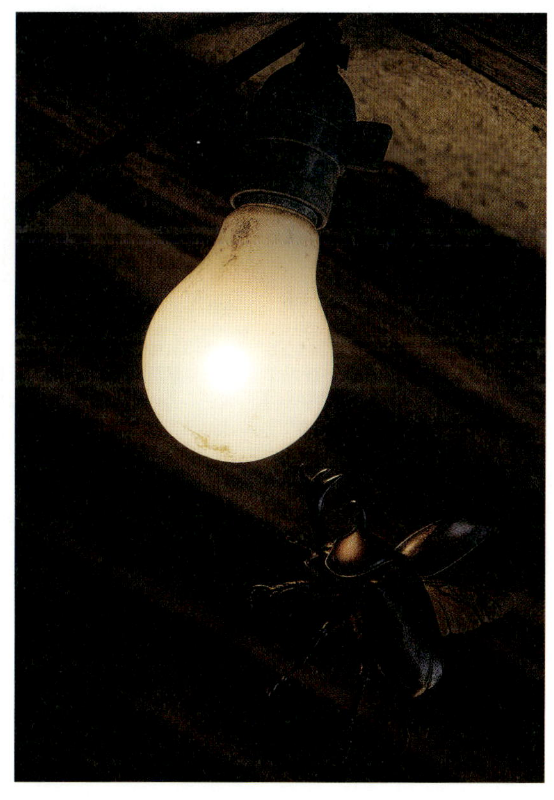

곶감 같은 인생

껍질을 돌돌 말아 벗어던지고
새끼줄에 대롱대롱 매달려서
바람이 이는 햇살에 물기가 빠져
속살이 조글조글 꾸덕꾸덕해지면
하얀 분이 감꽃처럼 핀다

홀로 우는 색소폰

텅 빈 소공연장에 중년의 한 사내가
나훈아의 노래 '사내'를 연주하고 있다
"가진 것은 없어도 비굴하진 않았다..."
"사내답게 살다가 사내답게 갈 거다..."
그놈의 사내가 뭔지 삑사리를 내며 울고 있다

눈물방울

송알송알 맺혔던
말 못 할 속사정들이
물풍선처럼 톡 터지는 순간
빙그르르 굴러떨어져
절절한 무릎 기도가 된다

최우창의 디카시 창작 노트

가을 엽서

단풍마다 사연이 있다
노랗게 익은 사연 푸르죽죽하게 시든 사연
붉게 타오른 사연 가슴이 숭숭 뚫린 사연
그 문장들을 쓸어 모아 연필로 꾹꾹 적어
너에게 띄워 보낸다

뭉게구름

딱히 정한 곳도 없다
바람이 부는 대로 떠간다
이리저리 갔다왔다 왔다갔다 떠다닌다
잘 겨누고 맞겨누고 산다고
어디, 조준대로 삶이 명중하는가요?

최우창의 디카시 창작 노트

거리등

달빛마저 잠든 검은 밤을
홀로 걷는 발길에
깜빡깜빡 반딧불이
될 수 있다는 건
아무나 누리는 축복이 아니랍니다

메꽃에 대한 오해

지금까지 너의 이름을 나팔꽃으로
알고 불렀구나 미안하다 미안해
우리는 가끔 뭘 잘 모르면서도
확실히 안다고 내 말이 맞다고
벅벅 우기며 산다 나만 그런가?

고독

잉걸 같던 사랑은 훌쩍 훌쩍 떠나가고
연줄 같던 관계는 뚝뚝 뚝뚝 끊어지고
별빛 같던 눈길도 슬쩍 슬쩍 거둬가고
이젠 적막과 두려움만 딸랑 하나 남아
주위를 소용돌이처럼 빙빙 맴돌고 있다

산불됴심

산이 불타면 산밑의 삶은 시든다

들은 산의 물을 들이켜고 곡식을 키워낸다

산이 불타면 냇물이 강마르고

따라 들도 곡식도 목말라

산 아래 삶은 시들시들 이울고 만다

폭포

떨어지는 건 무섭다

그래서 으악 하고 외마디를 지른다

별안간 직벽을 만난 물줄기도 떨어지며 굉음을 낸다

온산을 흔들며 아우성을 친다

떨어지는 게 무서워 그런 거다

도깨비바늘

어깨를 맞대고 사랑하며 살아야 하지만

차마 그러기 어려운 것도 있다

도깨비바늘이 그래

완전 거머리 같은 스토커야

집에까지 쫓아왔다니까 나, 몰래

익다

길은 발에 익어야 하고
일은 손에 익어야 해요
고기는 불에 익어야 하고
사과는 햇볕에 익어야 하지요
그러면 사람은 무엇에 익어야 하나요

양철 필통

키가 저마다 짝짝이인 연필 다섯 남매와

실수를 지우다가 때가 묻어버린 지우개 하나

그리고 끝이 무딘 연필깎이 칼 하나가

한통속이 되어 날마다

딸그락딸그락 학교에 공부하러 간다

거미집 철거

집 안 청소를 하면서
빗자루로 훌훌 거미집을 제거했다
저 살려고 애써 지은 집을
나 성가시다고 무심히 걷어냈다
거미가 도망가며 힐끔힐끔 날 쳐다봤다

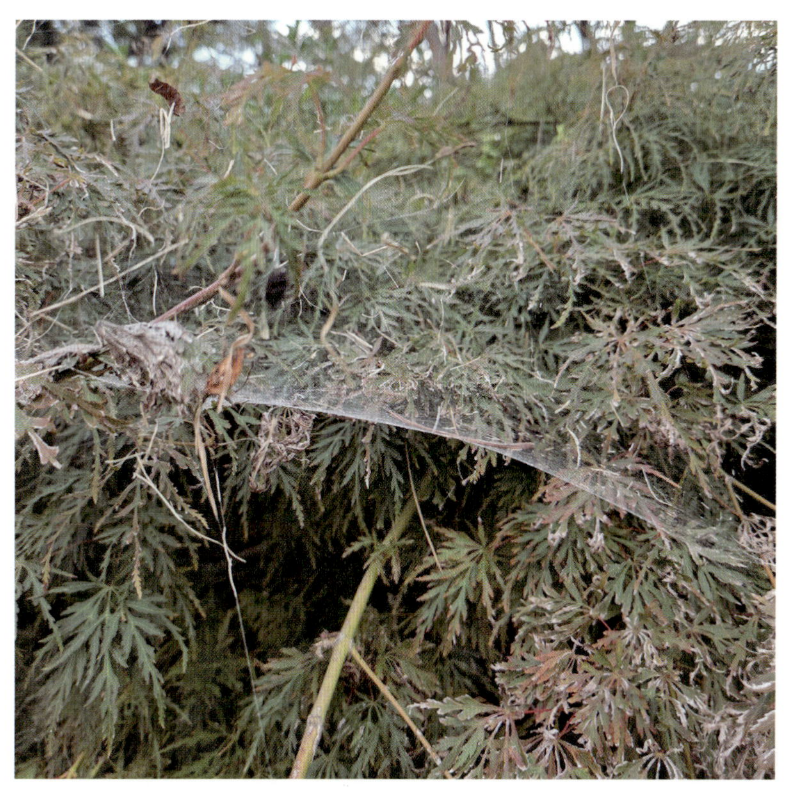

봄날

매화를 바통으로 산수유 생강나무꽃 개나리
진달래 벚꽃 철쭉 라일락 아카시아꽃이
릴레이하듯 피고 있다
저만 보란듯이 손을 번쩍 들고
"저요, 저요" 하며 피고 있다

빛의 유혹

한 달에 천만 원을 준다는 빛에 이끌려
청년은 쌩하니 캄보디아로 날아갔다
순간, 거미줄의 하루살이처럼 포박되어
촉수에 젊음을 쭉쭉 빨렸다
집어등처럼 밝은 빛은 때로 덫이 되는구나

왜가리의 기도

주여, 몇 날 며칠째 허탕입니다
종의 눈엔 밤샘처럼 핏발이 서고
발은 시리다 못해 아립니다
부디, 한 마리만 허락하소서

해시계

해가 가리키는 대로 살았다

해가 뜨기 전에 일터로 나갔고

해가 넘어가야 집에 왔다

해가 그렇게 시키진 않았지만

해만 보고 살았다

나, 때

약속 시간보다
너무 일찍 온 게 아니야
너무 늦게 온 것도 아니야
철꽃처럼 나는 내 시간에 맞춰 온 거야
누구나 저마다 활짝 피어날 때가 있잖아

피라칸타 열매

핏줄을 잇는다는 건
허리가 휘어 끊어질 듯한 고통마저
감내하는 것이라는 걸
제 자식을 주렁주렁 달아보면
조금은 알까?

피라칸타 열매

옹달샘

두 손을 바리때처럼 공손히 모아
고이고이 담은 맑은 물로
중생의 메마른 목을 적신다
부처님이다

*바리때 : 절에서 쓰는 승려의 공양 그릇.

 최우창의 디카시 창작 노트

가지 잘린 가로수

도대체
살란 말인가?
죽으란 말인가?

할머니 보행차

아기 유모차엔 아기가 타고
강아지 개모차엔 강아지가 타는데
할머니 보행차는 할머니들이 손수 밀고 가시네
골목이 떠들썩하게 줄을 지어 밀고 가시네
혹여 타고 가면 짐이 될까 해서 그러신가?

최우창의 디카시 창작 노트

야경(夜景)

별들이 잠시 땅에 내려왔어요
밤마다 두 손 모아 하늘을 바라보는
사람들을 위로하려고요
다 같이 손을 잡고 내려왔어요
집집이 은하수처럼 기쁨이 흘러넘치게요

최우창의 디카시 창작노트

초판 1쇄 2026년 1월 20일

지은이 최우창
발행인 김재홍
교정/교열 김혜린
디자인 박효은
마케팅 이연실

발행처 도서출판지식공감
등록번호 제2019-000164호
주소 서울특별시 영등포구 경인로82길 3-4 센터플러스 1117호(문래동1가)
전화 02-3141-2700
팩스 02-322-3089
홈페이지 www.bookdaum.com
이메일 jisikwon@naver.com

가격 18,000원
ISBN 979-11-5622-982-7 03800